Einaudi. Stile Libero Big

Dello stesso autore nel catalogo Einaudi

Cocaina (con M. Carlotto e G. De Cataldo)
Una mutevole verità
La regola dell'equilibrio
Passeggeri notturni
L'estate fredda
Le tre del mattino
La versione di Fenoglio
La misura del tempo

Gianrico Carofiglio

Non esiste saggezza

Edizione definitiva

Einaudi

www.einaudi.it

ISBN 978-88-06-24680-8

Non esiste saggezza

Non esiste saggezza

Viaggio assurdo, mi dissi.

Ero arrivato ad Amsterdam a mezzanotte passata. Il volo che doveva riportarmi in Italia partiva qualche ora dopo, la mattina presto. Non aveva senso prendere una stanza in albergo e quindi decisi di restare in aeroporto, senza nemmeno uscire dalla zona imbarchi.

Ero in un gigantesco atrio pieno di negozi, tutti chiusi. Pochi viaggiatori sperduti come me, qua e là. Alcuni, in piccoli gruppi, chiacchieravano tra loro con l'aria un po' aliena che hanno le persone in situazioni sospese come quella. Qualcuno dormiva seduto, qualcuno disteso per terra o su piú sedili; profondamente, come anch'io riuscivo a fare molti anni prima.

Scelsi una fila di sedie del tutto libera. In quella di fronte c'era solo una ragazza che leggeva. Le diedi un'occhiata e mi parve che la sua faccia avesse qualcosa di familiare, come se l'avessi già vista o conosciuta.

Mi sedetti, tirai fuori il mio libro, per qualche minuto tentai inutilmente di leggere, rinunciai e mi guardai di nuovo attorno.

Cioè cominciai a guardare la ragazza seduta di fronte, e subito mi resi conto che era molto meno giovane di quanto mi fosse sembrata all'inizio. Doveva avere piú o meno la mia età e, osservandola, l'impressione di averla già vista si attenuò fin quasi a dissolversi. Teneva il libro poggiato sulle gambe, leggeva un po' curva e mi sembrava che ogni tanto muovesse le labbra, come per imprimersi bene nella mente una frase. A un certo punto cambiò posizione, si tirò su, si appoggiò allo schienale, alzò il libro e io riconobbi la copertina. Tutta rossa con sopra solo una scritta bianca a caratteri grandi.

Ebbi una vertigine. La sensazione di avere perso all'improvviso gli abituali appigli al reale. Parlai senza accorgermene.

– Mia madre aveva quel libro. Lo leggeva quando ero piccolo.

Lei sollevò la testa, mi vide – fino a quel momento non si era nemmeno accorta di me – e rimase in silenzio. Indecisa su cosa dire o fare. Poi socchiuse il libro, tenendo il segno con un dito. Lo girò verso di me mostrandomi la copertina, come per dirmi: parla con me? Parla proprio di questo libro?

Feci di sí con la testa. Parlavo proprio con lei e proprio di quel libro.

– Conosce Anna Achmatova? Non è cosí frequente.

– Conosco quel libro perché ce l'aveva mia madre, tanti anni fa.

– La sua mamma è...

– Avevo quattordici anni quando è morta. A quattordici anni uno dovrebbe aver accumulato un buon quantitativo di ricordi. Io invece no. Lei sulla sedia a dondolo con quel libro è una delle pochissime cose che mi rimangono nella memoria.

Lei si alzò e venne a sedersi quasi vicino a me, lasciando un sedile libero fra noi.

– Vuole dare un'occhiata? – disse porgendomi il libro.

Lo presi come si prende un oggetto delicato, che ti si potrebbe rompere o sbriciolare fra le mani. O potrebbe produrre altri effetti, che non sei pronto a controllare.

– Chissà dove è finita la copia di mia madre, – mormorai mentre giravo le pagine. Mi ero ricordato, emersa dalle profondità sepolte del dolore di un bambino, una poesia che mamma leggeva ad alta voce. Diceva che forse la morte non esiste, o qualcosa del genere. Non la trovai. Allora lo chiesi alla sconosciuta, se ci fosse davvero una poesia con un verso simile. C'era, mi rispose.

Mi prese il libro dalle mani, girò le pagine fino a quella poesia, me lo restituí e mi lasciò leggere, senza dire niente. Il ricordo della voce di mia madre echeggiò nella mia testa come una nenia lancinante.

Il nostro sacro mestiere
esiste da millenni.
Con lui al mondo non occorre luce:
ma nessun poeta ha detto ancora
che la saggezza non esiste,
che non esiste la vecchiezza,
e forse nemmeno la morte.

Chiusi il libro, dopo un tempo indefinito. Secondi o minuti, non lo so.

– Quando sono arrivato ho avuto l'impressione di averla già vista prima, da qualche parte.

– Sí?

Una leggera nota di allarme nella voce. In realtà non ci feci caso davvero in quel momento, e mi tornò alla memoria solo dopo.

– Ma è stata un'impressione che ho avuto prima di parlarle. Adesso è svanita.

– Allora non le ricordo nessuno?

– Non mi sembra.

– Meglio cosí.

Stavo per chiederle cosa significasse «meglio cosí», quando sentii una musica che si avvicinava. Un ragazzo molto alto e magro, con uno zaino sulle spalle e una grossa radio sottobraccio, ci passò davanti.

> We destroy the love, it's our way
> We never listen enough
> Never face the truth
> Then like a passing song
> Love is here and then it's gone.

Il ragazzo oltre alla musica portava con sé un odore selvatico, denso e terroso.

La melodia si allontanò, sfumò e scomparve. L'odore ci mise piú tempo. Tutta la scena all'improvviso si era caricata di una tensione surreale.

– Aveva uno strano odore, vero?

Lei si voltò nella direzione in cui si era allontanato il ragazzo, poi di nuovo verso di me.

– Perché mi dici questa cosa?

Mi aveva dato del tu e il suo tono aveva una sfumatura aggressiva. Come se l'accenno all'odore di quel tizio avesse costituito la violazione di una regola, o addirittura un atto ostile. Mi sentii a disagio, quasi costretto a difendermi.

– Non c'è un motivo. Voglio dire, quel ragazzo aveva un odore strano e mi è venuto spontaneo fare un commento. C'è qualcosa che non va?

Mi scrutò, come per capire se le mie parole avessero un significato nascosto; se stessi giocando qualche gioco, con lei. Dopo pochi istanti decise, credo, che non stavo facendo nessun gioco.

– Nulla, a volte mi capita di fraintendere. Scusa. È raro che le persone facciano caso agli odori. E, sí, quel ragazzo aveva un odore davvero strano.

Mi fece piacere che fosse tornata normale.

– Se dovessi raccontare a qualcuno di questo incontro, non sarei capace di descrivere l'odore di quel ragazzo.

– Potresti dire: selvatico, denso, terroso. Con una nota di paglia.

Toccò a me guardarla con una faccia interrogativa. Lei mi rispose con un'espressione leggermente divertita, prima di proseguire.

– Non abbiamo parole per chiamare gli odori. Ci hai mai fatto caso?

– In che senso?

– Non siamo capaci di descrivere un odore come siamo capaci di descrivere un oggetto. Se vuoi descrivere questo giaccone puoi dire che è blu, corto, un po' ruvido. Abbiamo tantissime parole per le forme, per i colori, per le consistenze, per le dimensioni. Per un oggetto diciamo che è tondo, squadrato, grande, piccolo, rosso, verde, blu, duro, morbido, tagliente. Per i suoni e i rumori abbiamo addirittura le parole onomatopeiche, e non c'è nulla di piú specifico. Per gli odori invece dobbiamo usare termini presi a prestito, dobbiamo procedere per analogie. Un numero piccolo di concetti odorosi che non hanno un nome autonomo ma che alludono, alludono soltanto, a entità odorose familiari. Fiori, pulito, bucato, vaniglia. Libri nuovi. Erba tagliata. Terra prima della pioggia. O anche: cacca, pesce, uova marce, ascelle non lavate, piedi.

Mi guardò in faccia prima di andare avanti.

– Ti ha dato fastidio che parlassi degli odori cattivi?

Stavo per dire di no, ma poi mi chiesi perché avrei dovuto dire una bugia.

– Un poco.

– Appunto. Tutti sono a disagio con gli odori e soprattutto con gli odori cattivi. È il risultato di un processo culturale. Noi tendiamo a rifiutare gli odori e in particolare gli odori cattivi, perché alludono alla parte piú elementare, animalesca se vuoi, della nostra natura. Pensaci, anche solo il parlarne è considerato volgare e imbarazzante.

– Non ci avevo mai pensato prima.

– Qualcuno ha detto che le cose non esistono se non abbiamo le parole per chiamarle. Tantissimi odori e tantissimi profumi non esistono solo perché non sappiamo come chiamarli.

– Qualche anno fa ho letto un romanzo in cui si parlava dell'odore della paura. Mi colpí molto, perché quello è un odore che conosco bene, anche se non avevo mai pensato di dargli un nome.

– Come mai lo conosci?

– Per il mio lavoro.

– Che lavoro?

– Tu cosa diresti?

– Forse sei un medico. Non lo avrei pensato, ma adesso che hai parlato dell'odore della paura...

– Sono un funzionario di polizia. Squadra mobile.

– Un poliziotto? – Stupore puro nella sua faccia.

– Ti sorprende che uno sbirro parli di libri e non sbagli i congiuntivi.

– No, cioè sí. È che... sí, mi rendo conto che è uno stupido luogo comune, ma... insomma, scusa.

– Sono la pecora nera della mia famiglia. I miei genitori erano professori universitari. Intellettuali, comunisti e militanti. Un figlio poliziotto era l'ultima cosa che si sarebbero aspettati.

– E perché hai fatto il poliziotto?

– Vuoi la versione ufficiale o la verità?

Per la prima volta da quando avevamo iniziato a parlare, sorrise. Aveva denti bianchi, belli e pericolosi. Dava idea di una naturalezza, di un istinto potente e vivo, una cosa che avevo sempre riconosciuto e invidiato negli altri. Io non l'avevo mai avuto.

– Tutte e due.

– La versione ufficiale è che studiavo per diventare magistrato. Andai a fare il concorso per entrare in polizia come a una specie di allenamento. Lo vinsi, cominciai a lavorare e purtroppo smisi di studiare.

– E la verità?

– Andai a fare il concorso di funzionario di polizia perché volevo essere un poliziotto, e basta. Tutto il resto sono chiacchiere. È una cosa che non ho mai raccontato a nessuno, prima di stanotte.

– Perché volevi fare il poliziotto?

– Perché pensavo che avrebbe reso piú semplici le cose.

– Che vuol dire?

– Pensavo che le cose sarebbero state chiare. Buoni e cattivi. Giusto e ingiusto, eccetera. Ovviamente non funziona cosí e ti accorgi presto che se guardi troppo a lungo nell'abisso, in realtà è lui che sta guardando te.

– Nietzsche.

– Avrei dichiarato la citazione fra un attimo, beninteso.

– Beninteso –. Di nuovo quel sorriso sensuale e pericoloso.

– Non crederai mica che volessi impossessarmi di quella frase?

– No, no. Sono sicura che non ci hai pensato nemmeno un secondo. Sei un tutore dell'ordine.

Mi resi conto che quella era una donna con cui mi sarebbe piaciuto ridere. Mi era successo una volta sola, tanti anni prima, di incontrarne un'altra. Non era finita bene.

– Cosa ci vuole per essere un bravo poliziotto?

– La capacità di intuire i vizi segreti delle persone. È una cosa che hanno in pochi.

– E poi?

– E poi buonsenso, capacità di dubitare, senso dell'umorismo.

– Senso dell'umorismo?

– Già.

– Non capisco.

– Se ti prendi troppo sul serio, in questo lavoro, è finita. Si possono fare dei disastri che nemmeno immagini.

– Sei uno strano poliziotto.

Alzai le spalle.

– Avevo un nonno cui ero molto affezionata. Lui diceva che il senso dell'umorismo è la qualità piú importante in una persona. E sosteneva una cosa simile a quella che hai detto tu. Che se hai il senso dell'umorismo, non l'ironia o il sarcasmo, che sono un'altra cosa, non ti prendi sul serio. E allora non puoi essere cattivo, non puoi essere stupido, non puoi essere volgare. Diceva che il senso dell'umorismo è il modo migliore per conservare la dignità nei momenti difficili. Il senso dell'umorismo è una qualità etica, diceva.

Pensai che era una cosa molto bella. Una di quelle che quando le senti o le leggi ti sembra di avere sempre saputo, anche se non avevi mai trovato le parole per dirla.

– Diceva che Dio ha il senso dell'umorismo e che fare una buona battuta, fare ridere qualcuno è come dire una preghiera.

Mi accorsi che aveva gli occhi lucidi e pensai che non avevo il diritto di guardarla, in quel momento. Poi i miei pensieri, ormai senza controllo, andarono da un'altra parte.

– All'improvviso mi è venuta in mente un'altra cosa di mia madre. Una cosa di cui mi ero completamente dimenticato.

Mi guardò senza dire niente. Aspettando che raccontassi.

– La prima volta che ricordo di essere andato al cinema, a cinque anni forse, vidi un cartone animato che parlava di un bambino su un letto volante che, ogni notte, lo portava a vedere i posti piú incredibili del mondo. Tornato a casa chiesi a mia madre se anche il mio letto potesse trasformarsi e portarmi in giro per il mondo e le città. Lei disse che certo, poteva, e quella sera, dopo avermi rimboccato le coperte, mi raccomandò di stare molto attento, perché esattamente nel momento in cui mi fossi addormentato, il letto si sarebbe trasformato in una macchina volante e mi avrebbe portato dove volevo. Dovevo stare molto attento, perché la magia funzionava solo se mi accorgevo esattamente del momento in cui mi addormentavo.

– E poi?

– La mattina dopo, quando mamma mi chiese come fosse andata, le raccontai tutto. Nel senso che mi inventai la storia che desideravo. Dissi che mi ero perfettamente accorto di quando mi stavo addormentando e di come il letto si trasformava come quello del cartone animato. Poi avevamo viaggiato insieme nella notte e avevo visto Parigi, stando ben sotto le coperte, per sicurezza.

– Parigi?

– Sí.

– È una città dove ho vissuto a lungo, tanto tempo fa. Perché proprio Parigi?

– Non lo so. Forse per la Torre Eiffel, o forse perché era una città di cui parlavano a casa. Non lo so, mi venne naturale dire che ero andato a vedere Parigi.

– È una bella storia.

– Da quella notte, per tanti anni, mi sono addormentato pensando che il mio letto mi portasse in giro per il mondo, ogni notte in un posto diverso. Era la mia favola privata.

– Voglio farti sentire una cosa. È una canzone che amo molto, mi ricorda mia sorella.

Tirò fuori dalla borsa un lettore Mp3, cercò un pezzo e quando l'ebbe trovato mi passò gli auricolari. Lo riconobbi subito, sentendomi stringere il cuore.

– *As tears go by*.

Lei fece sí col capo e poi lasciò che la voce di Marianne Faithfull scorresse, bella e straziante, fino alla fine.

Poi guardò l'orologio.

– Devo andare.

Fui preso alla sprovvista, sentii un'improvvisa fiacchezza nelle gambe ed ebbi l'impressione che se mi fossi alzato non sarei stato capace di reggermi in piedi. Un pensiero nitido e spietato mi attraversò la testa. Pensai che nel giro di qualche giorno – forse addirittura di qualche ora – non avrei avuto nessun elemento concreto per provare che quell'incontro era realmente accaduto.

– Io... non so che dire. Mi rendo conto che è assurdo ma mi dispiace, mi dispiace tantissimo che tu vada via.

E poi, dopo una breve esitazione: – Vorrei poterti scrivere, o telefonare. Magari quando torni in Italia. Non so nemmeno come ti chiami.

Lasciai la frase sospesa ma lei non colmò quel vuoto. Non disse niente.

Fece un sorriso. Triste e pieno di rammarico, mi parve. Ma non disse niente.

Allora presi dalla tasca della giacca il piccolo quaderno che porto sempre con me, ne strappai un foglio e ci scrissi tutto quello che poteva servirle a ritrovarmi – telefoni, indirizzo, posta elettronica – se solo avesse voluto.

Lei prese il foglietto e lo mise in borsa. Rimanemmo ancora per qualche secondo cosí, a guardarci. Tutti e due sapevamo che le cose che avevamo condiviso in quelle ore stavano per sparire nel nulla.

– Allora ciao. Buon viaggio, – disse; e subito dopo, con

rabbia: – Dio, che stronzata. Tutto quanto. Non ti immagini quanto. Ciao.

Si girò e andò via lentamente mentre io rimanevo a guardarla.

Poi all'improvviso si voltò e tornò indietro. Tirò fuori dalla borsa il libro rosso e me lo diede.

– Tienilo tu.

Lo presi e lei si allungò per darmi un bacio sulla guancia.

– Tu, tu hai un buon odore. E io mi chiamo Valeria.

Furono le sue ultime parole. Non aspettò la mia risposta, si girò e andò via. Veloce, questa volta. Senza voltarsi piú, passò attraverso le prime file che si formavano agli imbarchi e in pochi secondi era scomparsa.

Fu due giorni dopo, in ufficio, prima di cominciare a lavorare, che la vidi sul giornale. La riconobbi subito, anche se la foto era di alcuni anni prima.

Era stato un caso clamoroso, e leggendo il pezzo me lo ricordai bene.

Valeria T. era creatrice di profumi per una famosa *maison* parigina, e aveva ucciso un uomo. Il marito di sua sorella gemella.

Per anni questo tizio aveva costretto la moglie a una vita d'inferno, maltrattandola fisicamente e torturandola moralmente. Lei non aveva mai voluto denunciarlo, e nemmeno aveva trovato il coraggio di andarsene via da casa, anche se Valeria aveva provato in tutti i modi a convincerla.

Certi legami hanno una sola via d'uscita.

Una mattina la sorella telefonò in ufficio per avvertire che si sarebbe assentata. Poi rifece il letto, mise a posto la cucina, uscí sul balcone e scavalcò la ringhiera. Una testimone disse che la poveretta era rimasta qualche secondo attaccata alla ringhiera, sulla sottile striscia di cemento dal lato dell'abisso. Poi si era lasciata andare.

Valeria arrivò sul posto prima che rimuovessero il corpo e due ore dopo andò a trovare il vedovo, portando con sé una pistola. Legalmente detenuta, eredità paterna. Gli sparò un solo colpo. Diritto al cuore, come si dice, e poi andò a costituirsi.

Il pubblico ministero contestò l'omicidio premeditato, cioè un'accusa da ergastolo, ma l'avvocato di Valeria era uno che conosceva il suo mestiere. Per ottenere ogni possibile attenuante – dalla provocazione alle generiche – portò nel dibattimento tutta la storia precedente: i maltrattamenti fisici e psicologici, i referti medici, la depressione aggravata dalla crudeltà in famiglia. Il processo durò a lungo e l'imputata fu scarcerata per decorrenza dei termini. Quando la sentenza diventò definitiva e i carabinieri si presentarono a casa di Valeria T. per procedere all'arresto, scoprirono che a casa non c'era nessuno e la condannata era irreperibile.

Era esattamente *quella* mattina.

Valeria doveva essere andata via poco prima della decisione della cassazione e ovviamente doveva aver usato documenti falsi.

Chissà che nome c'era su quei documenti, mi sono chiesto piú volte.

Perché a me aveva detto il suo nome vero.

Valeria, appunto.

Avrei dovuto fare una relazione di quell'incontro; a chi di dovere, come si dice nel nostro gergo.

Avrei dovuto. Ma non ho fatto nessuna relazione.

Ho fatto una piccola indagine personale, invece. Ho preso l'elenco dei voli in partenza da Amsterdam quella mattina e ho verificato quali destinazioni corrispondessero a Paesi senza trattato di estradizione con l'Italia. Sono uno sbirro, ci ho ragionato su, piú o meno come avrei fatto se avessi avuto l'incarico di localizzare la latitante Valeria T., e mi sono formato un'idea di dove potesse essere.

Ma ovviamente era solo un'ipotesi, con cui ho giocato per mesi. Immaginandomi cosa stesse facendo, cosa le riservava il destino, chi avrebbe incontrato. Queste cose.

Un'ipotesi fino a qualche giorno fa, quando ho aperto la cassetta delle lettere e ci ho trovato una cartolina. C'era la foto del banco di un mercato traboccante di spezie di tutti i colori. Rosso, arancio, giallo vivo, giallo ocra, viola. Sembrava di poterne sentire i profumi e di potersi perdere, in quei profumi.

Dietro c'era il timbro postale di quel Paese, appunto, e nello spazio dei saluti solo una frase.

Non esiste saggezza.

Mi ha preso un'allegria improvvisa; un senso di primavera e di vacanza; una cosa cui non sono abituato. Non piú.

Cosí ho messo la cartolina nella tasca della giacca e ho deciso di andare a piedi in ufficio. O magari di non andarci proprio, per quella mattina.

Camminando muovevo le labbra.

> La saggezza non esiste
> Non esiste vecchiezza
> E forse
> Nemmeno la morte.

Vigilie

Era la sera della vigilia di Natale, nello sterminato atrio della stazione Termini.

Il maresciallo Bovio, umore grigio e mani sprofondate nelle tasche del grosso cappotto di ordinanza, percorreva contro corrente un fiume desolato di uomini e donne. Piccole sagome scure, a gruppetti; sguardi persi e qualche risata – troppo forte – per darsi coraggio; facce di barboni, vecchie ricurve su carrelli portabagagli, mentre spingono il loro informe mucchio di cose. Noncuranti – o inconsapevoli – di tutto quanto intorno. Sagome normali, finite per errore, la sera di Natale, nel gelo della stazione invece che al caldo delle proprie case.

Il maresciallo si appoggiò alla porta sbarrata dell'ufficio informazioni, guardò l'orologio – le diciannove e trenta – sfilò una MS dal pacchetto sgualcito e semivuoto, l'accese e aspirò con forza.

Molti anni prima, ricordò, era di turno la notte di Natale e un viaggiatore era stato accoltellato a morte, vicino al binario da cui partiva l'ultimo locale per Nettuno.

L'intera notte era passata a interrogare i disperati che abitavano nella stazione, perché non avevano altri posti dove andare. L'assassino era un tassista abusivo, un ometto un po' deforme di cui il maresciallo non riusciva a ricordare il nome.

La faccia però la ricordava bene: lo sguardo malato, la

mascella scossa da un pianto cieco, un singhiozzo di animale dopo l'ultimo ceffone. La prima luce grigia del giorno, la mattina di Natale, si era mescolata al debole riverbero delle lampadine gialle, all'odore acre di umanità e di paura che ristagnava negli uffici, dopo una notte di interrogatori. Rapina e omicidio, ergastolo. Bovio non ne aveva saputo piú nulla, dopo il processo.

Aspirò un'ultima volta la sigaretta, consumata fino al filtro, e la lasciò cadere per terra.

A casa ormai dovevano esserci tutti per il cenone – famiglia meridionale, tradizioni tenaci – e per lo scambio dei regali dopo i sapori del Natale, profumo di dolci fatti in casa, colori che brillano, e caldo buono.

Il giornalaio vicino all'ufficio informazioni si preparava a chiudere, per ultimo. Ammonticchiava giornali e riviste all'interno del chiosco, disordinatamente, con la fretta inconsapevole di chi comincia a temere di essere escluso da qualcosa.

Una vecchia con un carrello si avvicinò all'edicola. Una barbona, con quelle buste sudicie, quelle borse sdrucite piene di cose. Aveva però qualcosa di diverso dalle miserabili straccione che si aggiravano come fantasmi tristi per la stazione e sui treni fuori servizio. Una strana dignità. Portava uno spesso maglione a giacca, da uomo, e una lunga gonna colorata, allegra; i capelli raccolti in un fazzoletto annodato con cura.

Si mise a esaminare con attenzione le riviste che il giornalaio non aveva ancora riposto. Delicatamente ne sfogliò una, come se cercasse un articolo, o qualcosa.

Poi si rivolse all'edicolante. Aveva in mano mille lire.

– «l'Unità», – chiese.

Il giornalaio alzò lo sguardo ed esitò un istante, prima di rispondere.

– Oggi «l'Unità» costa duemila lire. È domenica, c'è l'inserto –. Sembrava si scusasse.

La vecchia ritirò lentamente la mano con la banconota e rimase davanti all'edicola. Era ancora cosí, ferma, quando la grossa mano di Bovio si allungò dal cappotto di panno scuro e le infilò mille lire tra le dita.

Quella alzò lo sguardo, fino alla faccia del maresciallo.

– Che persona brava e gentile –. La voce era sottile, ma ferma. – Spero che si avveri tutto quello che lei desidera.

Poi si voltò, con naturalezza diede le duemila lire al giornalaio, prese il quotidiano con l'inserto e se ne andò piano piano, spingendo il carrello.

Lui rimase lí a guardarla. Si vergognava un po' di quella benedizione cosí sproporzionata rispetto al suo gesto istintivo, che ora gli sembrava miserabile. Rimase lí a guardarla allontanarsi fino a un angolo remoto.

Allora prese diecimila lire dal portafogli, le strinse in mano e cacciò la mano nella tasca. Avrebbe raggiunto la vecchia, le avrebbe dato quei soldi e poi sarebbe andato via velocemente, prima che qualcuno potesse vederlo.

Cosí cominciò a camminare, sentendosi in imbarazzo.

La vecchia intanto aveva tirato fuori una piccola scopa e si era messa a spazzare il suo angolo. Tutto intorno, vicino ai muri, sotto una impalcatura, appoggiati alle bacheche degli orari, gli altri barboni si preparavano per la notte di Natale.

Alcuni già dormivano, raggomitolati in fogli di giornale, riparati in rifugi di cartone, occhi chiusi senza sapere nulla di domani. Altri, svegli, scrutavano il vuoto oppure si accudivano come vecchi gatti stanchi; uno aveva i pantaloni arrotolati, gli stinchi lividi e coperti di croste che tormentava coscienziosamente, a una a una; concentrato, occhi di cane randagio rossi di qualche malattia paurosa.

Ormai era a pochi metri dalla vecchia. Quella gli dava le spalle e continuava a spazzare, con l'aria di chi sta sbrigando, placida, le proprie faccende domestiche. Bovio stava per chiamarla quando sentí come una fitta, una specie di nostalgia e il ricordo sfuocato di qualche Natale lontano. Corridoi, luci e stanze perdute. Voci di bambini eccitate, struggenti nel vortice del passato.

Assurdamente, si rese conto che quel ricordo non era suo. Assurdamente, pensò che doveva restituirlo alla vecchia.

Mosse ancora qualche passo, quasi barcollando, con un ronzio nella testa e la mano in tasca contratta sulle diecimila lire.

– Maresciallo.

La voce del giovane carabiniere sembrò una sassata che spaccava una finestra. Il maresciallo si voltò di scatto con aria colpevole, gli parve. Tirò fuori la mano dalla tasca, come a voler nascondere una prova; si mise a camminare in fretta.

– Che c'è? – suonò la sua voce troppo alta, e falsa.

Non si voltò indietro.

Il maestro di bastone

Quello fu l'anno in cui i miei genitori decisero di separarsi.

Un'ottima idea, penso oggi guardando in prospettiva alla sequenza degli eventi – e dei litigi – che portò a quella decisione. Allora ero meno incline a considerare la cosa con oggettività e, quando seppi che la nostra famiglia stava per sbriciolarsi, mi sentii morire.

Mio fratello ha quattro anni piú di me. A gennaio di quell'anno ne aveva compiuti diciotto e se la notizia della separazione lo turbò, non lo diede a vedere.

A pensarci bene, probabilmente neanch'io lo diedi a vedere. Tutti e due restammo in silenzio mentre mamma e papà, dopo averci convocato in sala da pranzo, cercando di dare alla cosa un tono di consuetudine, quasi di ordinaria amministrazione familiare, ci informarono che stavano per separarsi.

Fecero un discorso da manuale, sulle cose che cambiano, sulle strade che prendono diverse direzioni, sulla normalità, in fondo, di tutto questo, sull'affetto che però rimane, anche se in forme diverse, sul rispetto reciproco che va preservato. Fu mio padre a parlare di affetto e rispetto, e su quelle parole mi parve di notare un sussulto – come un impercettibile rigurgito di rabbia – nell'espressione di mia madre. Fu solo un'increspatura. Un attimo dopo aveva recuperato l'espressione da assistente sociale con cui entrambi ci avevano comunicato la notizia.

Finí abbastanza in fretta. Una delle ultime cose che ricordo fu la domanda di mio fratello. Lui è sempre stato un tipo pratico, poco incline ai sentimentalismi.

– Chi è che va via di casa? E noi due come ci organizziamo?

Ci dissero che nulla era ancora deciso e che proprio di questi dettagli avrebbero discusso nelle prossime settimane. E poi la riunione fu sciolta.

Dettagli? Dove sarei andato a finire era un dettaglio? Mi ricordo di aver concepito esattamente queste parole mentre lottavo con la disperazione e con le lacrime, per impedire che l'una e le altre venissero fuori. Mamma, che nelle nebbie semiautistiche della sua mente matematica forse si era resa conto, vagamente, di qualcosa, cercò di abbracciarmi. Io mi sottrassi e scappai nella mia camera senza dire una parola. Non volevo che mi vedessero piangere. Nessuno di loro due, visto quello che mi stavano facendo. Li odiavo, e avrei continuato a farlo per molto tempo.

Non ho un ricordo preciso dei due mesi successivi, a parte l'angosciosa percezione di una sfilacciata, quotidiana tragedia, in cui le cose non andavano affatto cosí lisce come i miei genitori avevano ipotizzato quando ci avevano notificato la loro decisione. In sintesi: non riuscivano a mettersi d'accordo su nulla, alla fine dell'anno scolastico tutto era pericolosamente in alto mare e la tensione stava diventando insopportabile.

Mio fratello sfruttò la situazione con la sua naturale scioltezza: riuscí a farsi consegnare un quantitativo di denaro che in altre circostanze non avrebbe mai ottenuto, comprò un biglietto interrail e partí con un amico per girare l'Europa. Lo avrei rivisto tre mesi dopo. Sospettai allora e sono certo adesso che il principale scopo del viaggio fosse di completare la sua preparazione in materia di sostanze stupefacenti e di ragazze dai costumi sessuali rilassati.

Io costituivo un problema molto serio. Fra i due figli ero decisamente quello sfigato, e comunque non avevo ancora quindici anni. Non potevo essere spedito da solo in giro per l'Europa, ma nemmeno potevo trascorrere le vacanze estive chiuso in quella casa, nel mezzo del regolamento di conti in corso, con il rischio di essere preso in pieno da un proiettile – o anche solo da un libro – vagante.

Fu cosí che un giorno alla fine di giugno – nemmeno mi ricordo come e quando mi informarono della decisione – mio padre mi caricò sulla sua macchina insieme con un bagaglio sproporzionato, per accompagnarmi alla villa dove trascorreva le vacanze estive la famiglia di suo fratello, nei pressi della foresta Mercadante.

Quando, raramente, negli anni passati, eravamo andati a trovare gli zii, avevo commesso l'errore di dire che quel posto mi piaceva.

C'era il tavolo da ping-pong, unico sport in cui, per misteriose ragioni, ero bravo e riuscivo a battere mio fratello; c'era una piccola piscina; c'era, a qualche centinaio di metri, la foresta dove con un po' di pazienza e fortuna si potevano avvistare cinghiali, caprioli e grandi rapaci. Per una gita era un posto quasi perfetto.

Mia madre e mio padre pensarono che se mi piaceva starci un giorno, mi sarebbe piaciuto starci per tutta l'estate e che questa fosse la soluzione ideale per sbarazzarsi di me e regolare in pace – si fa per dire – i loro conti in sospeso. Naturalmente non ero d'accordo e tentai di oppormi, sostenendo che mi sarei annoiato a morte, considerato che non avevo amici da quelle parti e che le mie cugine erano due bambine, gemelle dell'età di otto anni, dedite all'accumulazione ossessiva di bambole Barbie.

Non serví. Nel breve viaggio in macchina da Bari alla foresta Mercadante, mio padre cercò di convincermi che mi sarei divertito molto.

– Con chi? Con le gemelle? Gioco con loro e le Barbie?

– Ma no, ma no, vedrai. C'è la piscina, c'è il ping-pong...

– Con chi ci gioco a ping-pong?

Come capitava con le obiezioni stringenti, o anche solo con gli argomenti che lo riportavano alla realtà delle cose, mio padre diventò vago e in breve la conversazione si estinse. Sia detto per inciso: sono pressoché certo che questa sua insopportabile tendenza, unita all'abitudine di fidanzarsi con le laureande, abbia avuto un ruolo fondamentale nel produrre l'esasperazione di mia madre e la fine del matrimonio.

Quando arrivammo a villa Angelina – che prendeva il nome della suocera di mio zio – trovammo la famiglia al completo ad attenderci. Zio Mauro, zia Agnese, le gemelle e sei o sette Barbie. Mio padre scaricò la valigia, rifiutò di entrare a prendere un caffè o un'amarena (a villa Angelina le opzioni erano rigorosamente due: caffè o amarena), disse che doveva scappare perché aveva un sacco di appuntamenti in università quella mattina, e dunque ciao grazie Agnese grazie fratello ciao bambine non riesco mai a capire chi è Rita e chi è Marcella vieni qua Enrico dài un bacio a papà ci vediamo prestissimo ciao a tutti grazie ancora Agnese anche da Gabriella apprezziamo molto quello che fai per noi.

– Mi raccomando, Enrico, comportati bene. Ci vediamo presto, – aggiunse mentre ripartiva, indirizzandomi dal finestrino un frivolo, insopportabile cenno di saluto con la mano.

Per tutto il tempo che passai lí, mio padre e mia madre vennero a trovarmi, di gran fretta, una sola volta ciascuno.

Col mio arrivo alla villa eravamo in cinque. Due, tre volte alla settimana però, arrivavano da Altamura i genitori di zia Agnese e riprendevano possesso di quella che per molti anni era stata la casa di vacanze della famiglia e che, nella divisione delle proprietà familiari, fatta in anticipo per evitare liti ereditarie, era toccata appunto a zia Agnese.

I suoceri di mio zio mi erano simpatici come un dito nell'occhio.

Le nostre conversazioni erano essenzialmente basate su due argomenti, ripetuti con ostinazione inquietante. Il vecchio voleva che io da grande facessi il notaio e la vecchia che io da subito mangiassi la carne – *molta* carne.

– Tu, dopo che ti diplomi, devi studiare giurisprudenza e poi devi fare il concorso di notariato. Una volta che vinci quel concorso, sei sistemato per sempre, fai un sacco di soldi e non ti devi preoccupare di niente, – diceva don Nino, mentre io mi chiedevo cosa diavolo facesse un notaio per guadagnare cosí facilmente tanti soldi.

– La carne, figlio. Devi mangiare la carne. Sei troppo magro. Devi mangiare la carne tutti i giorni che per fortuna c'hai una famiglia che se la può permettere. Cosimo all'età tua pesava già settanta chili, – diceva donna Angelina.

L'argomento, va detto, era scarsamente persuasivo. Cosimo era il fratello minore di zia Agnese, all'epoca poco piú che trentenne, ma già ridotto come un rottame. Si trattava di un trippone ansimante, capace di trangugiare quantitativi spaventosi di cibo e in particolare ogni tipo di carni arrostite alla brace e sgocciolanti grassi letali. Con ogni evidenza era stato addestrato dalla madre a compiere simili imprese. Mangiava, beveva e fumava con ostinata determinazione suicida. A quarant'anni, ovviamente, ha avuto un infarto. L'ha scampata per un pelo e adesso prende dieci pillole al giorno, e mangia riso in bianco e merluzzi lessi. Donna Angelina non c'è piú e non deve assistere al terribile spettacolo del piccolo Cosimo privato delle sue cinque razioni settimanali di salsiccia di maiale.

Mio zio Mauro faceva il medico generico ad Altamura ed era un tipo dalle radicate certezze. Aveva un'opinione su tutto: dalla politica alla giustizia, dalla letteratura alla pittura. E soprattutto sul fatto che i suoi colleghi medici non capissero un cazzo. Ero un ragazzino ma già allora percepivo che c'era qualcosa di malsano in quella delirante sicurezza di opinioni.

Zia Agnese era una signora allegramente sovrappeso – circostanza inevitabile, considerate le convinzioni dietetiche con le quali era stata allevata – che diffondeva sempre un buon profumo di creme e talco. Aveva un viso molto bello e un grande, imbarazzante seno che, non lo avrei mai ammesso, non mi lasciava affatto indifferente.

Quando per esempio lei si avvicinava per mettermi la pasta nel piatto io cercavo sempre di fare un movimento impercettibile e casuale, che mi consentisse un contatto con quelle sconvolgenti morbidezze. A volte mi pareva che lei si rendesse conto di quelle mie manovre, che la divertissero e che addirittura le piacesse assecondarmi. Cosí a volte, per qualche lunghissimo secondo, sentivo il suo seno che sfiorava, o addirittura toccava la mia faccia. E io spingevo la sedia il piú possibile vicino al tavolo, preoccupato di poter esibire la reazione che quel contatto mi provocava.

La zia non lavorava, faceva la casalinga, si dichiarava esperta in tarocchi e, seppur con qualche ritegno, abile cuoca. In realtà la sua cucina era una delle piú scadenti che abbia conosciuto e il mio ricordo alimentare di quell'estate è popolato di piatti di pasta scotta con le melanzane o carni alla pizzaiola dure come la suola di uno scarpone, e soprattutto cosparse di origano. Anche se non posso escludere che il mio ricordo sia negativamente influenzato dal fatto che io odio le melanzane e detesto l'origano.

Nonostante il suo discutibile talento culinario, zia Agnese mi era simpatica.

Aveva una sua personalissima, lieve e indecifrabile concretezza. Ingenua e profonda a un tempo. Come se, quasi per caso, avesse colto un segreto fondamentale, e ne fosse lei stessa stupita.

Un buon modo di spiegarlo è forse questo: zia Agnese era l'esatto contrario di zio Mauro. Lui non capiva un cazzo ed era convinto di capire tutto. Lei aveva intuito alcune cose importanti, le sembrava strano fosse successo proprio a lei e stava molto attenta a non farlo trapelare.

Villa Angelina, come ho detto, era nelle vicinanze della foresta Mercadante, fra Cassano e Altamura, ai confini della Murgia piú selvaggia.

Bastava allontanarsi di pochissimi chilometri per ritrovarsi in un paesaggio di colline brune e deserte, cosparse di rocce bianche e taglienti, con crepacci improvvisi, grotte, pochi alberi, remoti punti di fuga, fiumi sotterranei come verità nascoste e inquietanti.

In certi punti della Murgia, in certi giorni d'estate, durante certi silenzi impenetrabili e carichi di profumi aspri, sei attraversato dall'idea, assurda e reale, che potresti perderti. Non solo fisicamente, che pure sarebbe possibile in quella reiterazione di uno scenario uguale a ogni passaggio di collina. Potresti perdere la ragione, il senso delle cose e delle loro relazioni, intuendo ma non afferrando il mistero dei luoghi.

Senti un rumore. Magari un rumore secco, che sembra l'effetto materiale di una causa apparentemente precisa.

Eppure non hai modo di capire quale sia la provenienza di quel rumore, non sei in grado di scoprire quella causa.

La Murgia è il luogo geometrico dell'indecifrabilità.

C'era un contadino che andava a fare lavori di giardinaggio alla villa degli zii. Era piuttosto anziano, piú vicino ai settanta che ai sessanta, basso, asciuttissimo e muscoloso, con capelli bianchi, fitti, tagliati corti, che contrastavano in modo quasi abbagliante con il color cuoio della sua faccia. Gli occhi erano azzurrissimi e leggermente iniettati di sangue. Si chiamava Benito.

Era taciturno. Sentirgli pronunciare una parola era un evento. E a volte non era chiaro il senso di quelle poche parole. Non era chiaro se stesse parlando con te o piuttosto seguisse il filo di un suo discorso privato che, solo per un caso, aveva luogo alla tua presenza.

A volte lo guardavo lavorare con la zappa. Ero affascinato dalla perfetta economia di movimenti con cui sollevava e lasciava ricadere l'attrezzo. Ed ero affascinato dal guizzo di quei muscoli come corde di un materiale misterioso e indistruttibile.

Quando lo incontravo, in villa o per strada, mi salutava sollevando la mano aperta all'altezza della spalla con un gesto misurato e sobrio. Io avevo imparato a rispondere allo stesso modo, senza parole.

Mi ero convinto, senza che ci fosse una percepibile ragione, di essergli simpatico.

I primi giorni li passai in solitudine, esplorando i dintorni con la vecchia bicicletta che avevano rimesso a nuovo per me, cercando di nuotare nei tre metri per tre della cosiddetta piscina, leggendo compulsivamente vecchi gialli Mondadori di cui in casa c'era una sterminata collezione.

Nei miei giri in bicicletta ero in cerca di compagnia. Dopo qualche giorno la trovai, a poche decine di metri da casa. Villa Angelina si trovava in un piccolo complesso residenziale – nulla piú che un vialone con case a destra e a sinistra – cui era stato dato pomposamente il nome di Borgo dei Pioppi. Le ville erano popolate perlopiú da persone anziane, coetanei di don Nino e donna Angelina, o da giovani coppie con bambini piccoli. La seconda generazione.

Facevano eccezione due ville in fondo al vialone nelle quali abitavano, insieme con le loro famiglie, quattro ragazzini. Maurizio, Cristina, Filippo e Marino.

Erano tutti piú piccoli e piú sfigati di me. In città, nel mondo reale, quei ragazzini non li avrei neanche guardati in faccia. Gli sfigati – io lo ero certamente – sono piuttosto razzisti, con quelli della loro specie.

La solitudine però m'indusse a una maggiore flessibilità. C'era l'orizzonte lontanissimo di quell'estate, c'era il bisogno di far passare giornate interminabili, e cosí mi rassegnai a fare amicizia con quei ragazzini. In breve mi resi conto che la cosa aveva degli insospettabili aspetti positivi.

Ero piú forte di loro, ero piú veloce di loro, addirittura giocavo a pallone meglio di loro; non mi era mai successo di primeggiare in un gruppo per abilità fisiche. Inevitabilmente diventai il capo. Le giornate presero a passare molto piú veloci fra tornei di ping-pong, corse in bicicletta per le strade della foresta, interminabili partite di calcio sul vialone.

Cristina faceva tutto quello che facevamo noi maschi, incluso giocare a calcio. Essendo l'unica femmina e anche la piú piccola del gruppo, aveva scarsissimo potere contrattuale.

E poi parlavamo. Quella era forse la parte che mi piaceva di piú, perché lo schema era quasi immancabilmente il seguente: *io* parlavo, anzi raccontavo, e loro ascoltavano.

La sede dei miei racconti era il nostro accampamento. Avevamo scelto una radura molto vicina alle ville e alla strada, ma immersa nella boscaglia e nascosta alla vista. Era dunque, a un tempo, molto vicina e molto lontana. Segreta – credevamo – ma sicura, senza il fondo d'inquietudine che generano i luoghi davvero remoti delle foreste.

Quando eravamo in quella radura, in certi silenziosi, caldissimi pomeriggi, ci pareva di essere rifugiati in un luogo protetto e inviolabile. Avevamo tirato su un muretto a secco a mo' di recinto; avevamo costruito una tenda con rami d'albero e vecchie coperte, e avevamo raccolto e disposto in mucchi ordinatissimi e geometrici centinaia di pigne che erano le nostre *munizioni* per difenderci dagli attacchi di imprecisati nemici.

Raccontavo mie esperienze e avventure inventate in qualsiasi campo, giungendo anche a somministrare con bonario paternalismo alcuni insegnamenti esistenziali. Per quello che ne sapevano i miei amici di villeggiatura, la mia vita in città si svolgeva fra imprese sportive, audaci bravate, esilaranti scherzi telefonici. E ragazze, naturalmente.

La mia biografia immaginaria, infatti, includeva un solido fidanzamento con una bellezza bionda, mia coetanea, ballerina classica, idolo e motivo di invidia, nei miei confronti, da parte di tutti i ragazzi del ginnasio. Mi ero ispirato a un personaggio del mondo reale. Barbara si chiamava. Era bella come un angelo, ma nella vita frequentava un campione di tennis ventenne e non un quattordicenne imbranato e sparaballe.

Il mio fidanzamento con Barbara eccitava in particolare l'interesse di Maurizio, il quale, pur avendo solo tredici anni, era già un maniaco sessuale. Maurizio portava spessi occhiali da ipermetrope. Dietro quelle lenti, a volte, i suoi occhi si dilatavano in modo inquietante, come accade a certi personaggi dei cartoni animati. Questo fenomeno si verificava con particolare intensità quando il tema della conversazione era il sesso.

Dopo quell'estate non ho mai piú saputo nulla di lui, ma a volte mi sono chiesto se la sua ossessione, già cosí evidente a tredici anni, gli abbia causato qualche guaio, anche di natura penale, nell'età adulta.

Maurizio voleva che gli raccontassi *tutto* quello che facevo con Barbara, e che gli fornissi possibilmente i relativi dettagli tecnici. Su questi temi ero in grande difficoltà, posto che la mia competenza sessuale era basata essenzialmente sulla fugace osservazione di alcuni giornaletti porno che, peraltro, avevo trovato alquanto ributtanti.

– Ma quando state da soli, con Barbara cosa fate *esattamente*?

– Beh, ci baciamo, è chiaro.

– E poi?

– E poi, e poi. Che razza di domande. E poi, tutto il resto, è chiaro, no?

– *Tutto* il resto?

– Piú o meno, sí...

– Ma andate a letto?

– Massí, certo che andiamo a letto.

– Ma tu gliel'hai mai toccata?

– Cosa?

– La *fica*, no?

– Beh... sí, un poco.

– E *scopate*?

Ecco. Che scopassimo non mi riuscí mai di dirlo. Temevo che se avessi sparato una cazzata cosí grossa Maurizio mi avrebbe scoperto. Basandosi sulle sue accanite letture di fumetti porno avrebbe potuto concepire domande tecniche cui non sarei stato in grado di rispondere. Cosí gli rispondevo che per *avere un rapporto completo* volevamo aspettare ancora un po', lo avremmo fatto quando ci fossimo sentiti pronti tutti e due. In fondo, concludevo con tono adulto e un po' sussiegoso, non avevamo ancora quindici anni.

Una mattina arrivammo all'accampamento muniti di panini e bibite, con l'intenzione di fare un picnic, e trovammo un disastro. La tenda era stata distrutta, le coperte rubate, i cumuli di pigne dispersi, e il muretto a secco quasi completamente abbattuto.

Fu brutto vedere quella devastazione: mi diede un senso di impotenza, di violazione e d'ingiustizia.

– Ma chi possono essere stati questi bastardi? – dissi, caricando molto, con tono da duro, la parola *bastardi*. Quel tono, nelle mie intenzioni, sottintendeva che se avessi potuto scoprire chi erano stati, quei *bastardi*, gliel'avrei fatta vedere io.

– Secondo me sono stati quelli di Villaggio Sant'Antonio, – disse Filippo.

Gli altri annuirono, con aria preoccupata.

– E chi sono? – chiesi con lo stesso tono duro di prima. Come se l'informazione mi servisse per organizzare al piú presto una spietata spedizione punitiva.

Quelli di Villaggio Sant'Antonio erano un gruppo di ragazzi di poco piú grandi di noi. Abitavano a qualche chilometro dal Borgo dei Pioppi, in un centro residenziale che, appunto, si chiamava Villaggio Sant'Antonio. Avevano tutti quanti i motorini, bevevano birra, fumavano sigarette e forse anche altro. Si divertivano molto a fare i prepotenti, ed erano cattivi.

Il loro capo era un certo Mario. Aveva sedici anni, era grande, grosso e faceva karate *full contact*. Su di lui, mi dissero, giravano diverse storie e nessuna era simpatica. Fra queste, che avesse litigato con un ragazzo di vent'anni e che lo avesse mandato all'ospedale con il naso rotto.

Pensai che non avevo nessuna voglia di conoscere Mario e nemmeno i suoi amici. Però ero il capo, e dovevo infondere coraggio alla truppa. Cercai di mantenere il tono risoluto di prima, ma ebbi la netta sensazione che la mia voce non fosse piú cosí ferma.

– Secondo me dite solo cazzate. Perché questi stronzi di Borgo Sant'Antonio dovrebbero...

– *Villaggio* Sant'Antonio, – mi corresse Marino, e la cosa, non so perché, mi fece molto irritare.

– Va bene, borgo o villaggio è la stessa cosa. Perché sarebbero dovuti venire fin qui a fare questo casino, senza un motivo?

La risposta, stringente ed esplicativa, venne da Cristina.

– Perché sono stronzi.

Cercai di ribattere qualcosa, perché ero molto innervosito da tutta la situazione, ma la risposta di Cristina non consentiva una replica facile. Alla fine decisi di lasciar perdere. Mi sentivo addosso una lieve, spiacevole inquietudine.

– Va bene, chi se ne frega. Adesso ricostruiamo tutto e poi ci organizziamo per fare la guardia all'accampamento.

– La guardia? – chiese Maurizio con tono stridulo. – E che vuol dire «la guardia»?

– Vuol dire che faremo dei turni per sorvegliare l'accampamento ed evitare che un fatto del genere possa ripetersi.

– E se arrivano quelli che ci facciamo con la guardia?

Altra obiezione stringente. Il mio prestigio di capo si stava improvvisamente e rapidamente indebolendo. Ero alla ricerca di una risposta efficace, quando tutti sentimmo il rumore di scooter in avvicinamento. Dopo qualche secondo, dal sentiero che portava alla nostra ex radura segreta, ne vedemmo arrivare tre. Entrarono nella radura in modo pericoloso e spettacolare, sollevando terra e aghi di pino e diffondendo puzza di freni e gas di scarico.

Mario lo riconobbi subito, senza averlo mai visto. Nessuno avrebbe potuto dire che avesse sedici anni. Sembrava piuttosto uno studente universitario fuori corso. Aveva già la barba su tutto il viso, era alto piú di un metro e ottanta, aveva grosse braccia e grosse cosce pelose.

– Era vostro questo accampamento di merda? – chiese uno dei tre.

Nessuno di noi rispose.

– Per fare un campo nella foresta, da questa parte, dovete pagare la protezione. Se no ci sarà sempre qualcuno che ve lo distrugge. Senza protezione, niente accampamenti, – disse l'altro.

Mario non parlava. Stava seduto sul suo ciclomotore con le braccia appoggiate sul manubrio e ci guardava. Avrei voluto essere molto lontano da lí, anche perché i miei amici si aspettavano che facessi qualcosa e io sapevo che mi toccava. Capivo in quel momento che fare il capo implica anche degli aspetti decisamente seccanti.

– Che volete da noi? – dissi infine, raccogliendo tutto il poco coraggio di cui disponevo.

Mi sento di escludere che la mia voce avesse il tono determinato di poco prima. E poi, tecnicamente, la mia domanda era priva di senso. Cosa volessero da noi, ce l'avevano appena detto: ci stavano facendo un'estorsione. Volevano che li pagassimo per lasciarci in pace.

Quello non replicò e invece mi diede un ceffone. Il primo ceffone della mia vita. I miei genitori non mi avevano mai picchiato, nella fondata convinzione che si possa rendere infelice un ragazzino anche senza ricorrere alla violenza fisica.

Mi portai la mano alla faccia, non sapendo cosa dire. Atterrito. Quello diede un calcio alla mia bici appoggiata al cavalletto e la fece cadere rovinosamente.

– Vuoi vedere che adesso ti sbatto per terra e ti piscio in faccia?

Lo disse sbottonandosi i pantaloni e io ebbi la certezza che, in un modo o nell'altro, della pipí sarebbe circolata, da quelle parti. Per quello che mi riguardava, infatti, stavo per farmela addosso. Non metaforicamente.

– Perché? – fu il massimo che riuscii a farfugliare, come un'implorazione, mentre riuscivo a mettere a fuoco solo la mano di quello che sganciava i bottoni metallici dei jeans e si preparava, evidentemente, a mettere in atto la sua minaccia.

Forse fu proprio perché non vedevo nient'altro che la voce mi parve venire dal nulla.

– Che state facendo?

D'un tratto il mondo intorno a me ridiventò visibile. Benito arrivava dalla direzione opposta a quella da cui erano arrivati loro, e quindi dall'interno della foresta. Camminava su un sentiero strettissimo. Aveva la sua solita camminata elastica, che faceva pensare a un atleta, ma il braccio destro era stranamente rigido, lungo il corpo, come se fosse stato fasciato o addirittura ingessato.

Era forse la prima volta che gli sentivo dire ben tre parole di seguito.

A quel punto anche Mario decise di intervenire. Mostrando subito una certa eleganza.

– Che cazzo vuoi, vecchio schiavo? Non ci rompere i coglioni e vai a zappare la terra.

Cosí dicendo scese dallo scooter, mise il cavalletto e si

avvicinò al vecchio Benito con aria strafottente e minacciosa. Sembravano Davide e Golia. Mario era grande, grosso, peloso, umido di sudore. Benito, piccolo e asciutto, secco come la Murgia. Sembrava quasi che appartenessero a due razze diverse. C'erano almeno venti chili, venti centimetri e cinquant'anni di differenza.

Mi guardai attorno disperatamente alla ricerca di un'arma. Una bella pietra o un ramo robusto, per cercare di aiutare Benito.

– Hai capito che ti devi levare dalle palle, vecchio? Devo rompere il culo anche a te?

Non lo so se riuscí a completare tutta la frase.

Certo è che il senso era molto chiaro.

Certo è che il braccio destro di Benito ebbe uno scatto geometrico e perfetto. Parve che qualcosa venisse fuori dalla manica della camicia, come un fulmine bruno. Una frazione di secondo dopo Mario era piegato in due, alla ricerca dell'aria che all'improvviso lo aveva abbandonato.

– Andate a casa, – disse con tono tranquillo Benito, mentre quel lampo bruno era già scomparso dietro il braccio, con un movimento velocissimo, uguale e contrario al primo.

Mario si mosse faticosamente verso il suo motorino. Gli altri, dopo essersi guardati in faccia per qualche secondo, esterrefatti, misero in moto i loro. Tutti e tre partirono lentamente, in modo molto diverso da come erano arrivati.

Quando furono scomparsi, Benito rilassò il braccio e finalmente potemmo vedere cosa aveva prodotto quell'effetto. Era un bastone scuro, lungo forse una sessantina di centimetri, con il diametro di poco superiore a quello di un bastone da passeggio.

– Sono pezzi di merda, quelli. E i genitori sono piú pezzi di merda di loro, – disse Benito, ormai divenuto loquace, mentre si infilava il bastone nella cintura. Ma in realtà non stava parlando con noi. Stava enunciando una verità e la presenza di un pubblico era del tutto ininfluente. Poi raggiunse la mia bicicletta, la tirò su e controllò che non ci fossero danni.

Io non dicevo niente. Lui allora si voltò a guardarmi. Anch'io lo guardai. Poi guardai il suo bastone e poi di nuovo la sua faccia.

Durò un tempo infinitamente lungo, per due persone che stanno l'una di fronte all'altra, senza parlare.

– Domani sera vieni alla masseria alle sette, – disse infine Benito, con un sospiro. Come di chi ha preso una decisione non facile. Poi si girò e in breve sparí nella foresta.

– Perché vuoi andare alla masseria da Benito? – chiese distrattamente mio zio Mauro mentre leggeva «La Gazzetta del Mezzogiorno».

Io non lo sapevo perché dovevo andarci, alla masseria. Benito non me lo aveva detto. Sapevo che c'era un nesso con quello che era accaduto nella radura, ma nulla di piú. Non era il tipo di spiegazione che zio Mauro avrebbe capito. Cosí mentii.

– Voglio andare a vedere gli animali.

Evitai di essere piú preciso perché ignoravo che bestie ci fossero, alla masseria, e non volevo inutili contestazioni. Mi serviva solo che mi insegnassero la strada senza fare troppe domande.

– Gli animali. Che gusto c'è a vedere galline e maiali. Non capisco.

– Ma se non mi sbaglio ci sono anche i cuccioli. Forse Enrico vuole andare a vedere i cuccioli, – disse zia Agnese.

Grazie. Amavo la sua capacità di subentrare al momento opportuno, dicendo una cosa giusta, semplice e risolutiva. Appunto. Volevo andare a vedere i cuccioli.

Dunque potevano per piacere spiegarmi come ci si arrivava a quella masseria?

Bisognava percorrere la provinciale per cinque chilometri verso Altamura, poi svoltare su una strada comunale, proseguire fino a un incrocio con una piccola edicola votiva e infine prendere una strada vicinale, non asfaltata, che arrivava diritta alla masseria. Il pomeriggio, verso le sei, per essere sicuro di non fare tardi, montai sulla bicicletta e partii.

Addentrandomi in quel territorio sconosciuto, provai un senso di libertà e di eccitazione come ho sperimentato poche altre volte nella vita. Qualcosa stava per accadere.

Dopo una salita durissima, con il cuore che batteva forte, mi ritrovai su un'altura. Tutto intorno Murgia, bruna di terra e punteggiata di pietre. Sotto, alla fine di una discesa forse piú ripida della salita che avevo appena completato, una piccola masseria bianca di calce. Era lontana, ma nell'aia si distingueva una figura umana intenta a maneggiare degli oggetti.

Scesi facendo molta attenzione. La strada era veramente scoscesa e cadere lí non sarebbe stato divertente. Mentre scendevo, frenando e slittando, pensavo a come sarebbe stato rifare quel pezzo di strada in salita.

Poi finalmente arrivai. Benito mi salutò con un gesto appena accennato della mano, mi disse di lasciare la bici e mi diede uno dei due bastoni che aveva con sé. Erano bianchi, appena lavorati, le stesse dimensioni di quello della radura. Sulla sedia c'erano due coltelli che sembravano affilatissimi e per terra mucchietti di trucioli.

Benito mi spiegò come impugnare il bastone, indietreggiò di un paio di metri e poi mi ordinò di colpirlo. Io stavo per chiedere spiegazioni ma il suo sguardo mi trattenne. Sollevai l'arma e provai debolmente a colpirlo alla testa. Lui parò con un gesto noncurante, quasi lento.

– Quella è tutta la forza che tieni? Con quella mazza mi devi spaccare la testa.

Allora ci provai davvero. Mi mossi con tutta la forza e la velocità di cui ero capace e un secondo dopo mi trovai a terra, nella polvere, disarmato, con la punta del suo bastone alla gola, senza sapere cos'era successo.

La mia istruzione cominciò cosí.

Me ne andai che il sole era già tramontato, con le braccia indolenzite e qualche livido in formazione sotto la maglietta. Arrivai a casa all'imbrunire. Zia Agnese mi chiese se mi erano piaciuti i cuccioli e io risposi di sí, che mi erano piaciuti molto, anche se nessun animale era comparso per tutto il tempo che ero stato alla masseria.

Da allora presi ad andare alla masseria quasi tutti i giorni. Ogni volta la lezione era diversa, sempre inattesa. Benito m'insegnava la scherma con la *mazza* che era chiaramente la sua passione, ma anche altre cose: *i trucchi*.

I trucchi erano quello che nelle scuole di arti marziali viene chiamato combattimento a mani nude. Le testate, i calci negli stinchi, le manate in faccia, tirare i capelli per far perdere l'equilibrio, torcere le dita, torcere il polso, torcere il gomito, le gomitate, le ginocchiate, gli sgambetti, afferrare le palle, mettere le dita negli occhi, lanciare un urlo violento e improvviso per terrorizzare l'avversario.

– Chi ti ha insegnato queste cose, Benito? – trovai il coraggio di chiedergli una sera, dopo la lezione.

Lui mi guardò negli occhi per qualche secondo. Poi mi parve che qualcosa cedesse, nella tensione statica del suo viso.

– Alla galera, mi hanno imparato.

Ero lí muto, senza sapere cosa dire. Anche lui, forse per la prima volta da quando lo conoscevo, sembrava incerto su cosa fare.

– Tu mo' vuoi sapere perché sono stato carcerato.

Rimasi immobile. Lui respirò profondamente, e pareva annusasse l'aria come un cane da caccia.

– Stava uno che diceva che mi doveva ammazzare. Mi doveva sgozzare come un agnello perché diceva che lo ero andato a rubare, alla campagna. Io pensai che è meglio sentire rumore di catene che rumore di campane, e andai prima io, a trovarlo. Mi dovevo sposare il mese dopo.

Fu il discorso piú lungo che gli avessi mai sentito fare. Alla fine sembrava esausto e improvvisamente invecchiato.

– E mo' vuoi venire ancora i pomeriggi, qua?

– Sí.

– Gli zii tuoi non la sanno, questa storia.

– E mica gliela devo dire io.

Annuí, e qualcosa nel suo sguardo mi fece un'incomprensibile tenerezza. Poi mi indicò la bicicletta con un gesto della mano. Era ora di andare a casa.

Alla masseria non incontrai mai nessuno, a parte un cane spelacchiato, qualche gallina, una volta una capretta. Mai sentita una voce, mai vista una figura umana neanche in lontananza.

Se in quel posto ci vivevano altre persone, stavano bene attente a nascondere la loro presenza, a non turbare il silenzio e l'immobilità dei luoghi.

I miei amici mi chiedevano dove me ne andassi a una cert'ora, quasi tutti i pomeriggi, e io rispondevo che non potevo dirlo.

Maurizio si convinse che io avessi trovato una ragazza e che mi allontanassi per impegni di natura sessuale. Chiese – implorò – di venire con me almeno una volta e io, con una buona dose di compiaciuta cattiveria, senza smentire la sua intuizione, gli dissi che no, non potevo portarlo. Era troppo presto, forse l'anno prossimo. Forse.

Continuavamo a giocare a calcio e a ping-pong, ma adesso io ero molto piú distratto e passavo un sacco di tempo da solo a esercitarmi, a ripetere i trucchi che di volta in volta mi insegnava Benito.

A volte, quando arrivavo alla masseria, lo trovavo su una sedia a sdraio sdrucita. Fumava un sigaro toscano puzzolente, beveva vino rosso e ascoltava musica lirica da un vecchio giradischi.

La musica, in certi giorni, con il vento che soffiava nella direzione giusta, riuscivo a sentirla già dalla sommità della strada, remota come un canto della terra.

Quando Benito ascoltava la musica, non si poteva cominciare la lezione prima che il disco fosse finito. A me la lirica non piaceva molto, quei gorgheggi m'infastidivano e le parole, quelle che riconoscevo o riuscivo a capire, mi sembravano stupide e insopportabili. Una volta però, mentre aspettavo che il disco finisse, le voci smisero di cantare e cominciò una musica sublime che non ho mai dimenticato.

– Cos'era? – chiesi quando Benito ebbe rimesso a posto il giradischi.

– La cavalleria rusticana.

– È bellissima.

Mi guardò con un'espressione strana, parve sul punto di dire qualcosa. Poi si limitò ad annuire e a porgermi il bastone.

Un giorno – la fine dell'estate si avvicinava – zia Agnese mi chiese se volevo fare i tarocchi. Esitai qualche istante prima di rispondere. Mamma insegnava analisi matematica e calcolo differenziale e mi aveva sempre parlato di chiromanzia, astrologia, lettura delle carte, come di pratiche barbare, da ciarlatani e per sottosviluppati.

La mia opinione sui tarocchi risentiva di quei discorsi. A chi mi avesse chiesto se ci credevo, avrei risposto semplicemente: nemmeno per sogno. La stessa risposta, del resto, che darei oggi.

Però non volevo dispiacere zia Agnese e cosí, dopo qualche secondo, risposi che certo, volentieri, mi faceva molto piacere, ero curioso. In fondo quella piccola bugia non mi costava nulla.

– Ah, bene, sono contenta. Chissà perché pensavo che non avresti voluto. Dài, vieni allora, andiamo in cucina.

La cucina era il posto dei tarocchi, per zia Agnese. Ogni tanto venivano a trovarla delle signore – a volte, piú raramente, anche degli uomini – per farsi fare i tarocchi. Lei li faceva accomodare in cucina, offriva il caffè o l'amarena, poi chiudeva la porta e procedeva. Piú o meno un'ora dopo uscivano dalla cucina parlando fitto, con l'ospite che chiedeva gli ultimi chiarimenti e lei che dava le ultime spiegazioni. Poi quelli si disobbligavano con bottiglie di vino rosso del contadino, cassette di frutta, latticini, olio.

Zia Agnese mischiò il mazzo in un modo che non sembrava casuale e mi fece scegliere un certo numero di carte. Non ricordo tutto quello che mi disse, sui significati di ogni carta, sulle loro combinazioni, su com'era davvero la mia indole, sul tipo di persone dalle quali avrei dovuto guardarmi e cosí via.

Una cosa però me la ricordo bene: non potrò dimenticarla mai piú.

Zia Agnese disse che da grande avrei fatto lo scrittore.

Lo disse in modo diretto e chiaro, senza ipotetiche o condizionali. Disse che poteva affermarlo soprattutto per via della prima carta che avevo scelto: il sole.

Lei non sapeva – nessuno lo sapeva – che diventare scrittore era il mio sogno da quando avevo cominciato a leggere. Aveva un'espressione piena di orgoglio e soddisfazione, come se quella profezia si fosse già avverata e per una parte, almeno, fosse anche merito suo.

Le sue parole mi trafissero il cuore e rimasero lí, piantate per sempre.

Arrivarono i temporali di fine agosto, seguiti da cieli grandiosi pieni di enormi nuvole bianche, e un vento tagliente che annunciava l'autunno e la fine di molte cose.

Maurizio e Cristina furono i primi ad andar via. Fecero una piccola festa di saluto, a casa loro.

Mangiammo focaccia, mozzarelle e mortadella, bevemmo gazosa. Alla fine ci venne servita una informe torta alla crema gialla al gusto di ovatta. Mentre cercavo a fatica di trangugiarla, boccone dopo boccone, pensai che forse, data la concorrenza gastronomica dei dintorni, zia Agnese non aveva tutti i torti nel considerarsi un'abile cuoca.

Giocammo un po' a biliardino e poi ci sedemmo sotto il porticato. L'idea era di fare l'ultima chiacchierata tutti insieme ma fu subito chiaro che il nostro tempo era già passato, senza che ce ne fossimo accorti. Non sapevamo di cosa parlare e io non avevo piú storie, o forse non avevo piú voglia di raccontarne.

Qualche giorno dopo, quando rientrai a casa per cena, zia Agnese mi disse che aveva telefonato mamma. Il giorno successivo sarebbe venuta a prendermi.

Ebbi un attimo di sgomento, e subito la cosa mi parve assurda. All'inizio avevo contato i minuti che mi separavano da quella partenza e adesso ero improvvisamente triste all'idea di andarmene.

La sera fu uguale a tutte le altre. Cena fredda – per fortuna zia Agnese cucinava solo a pranzo – televisione, tre o quattro opinioni dispensate da zio Mauro su temi vari di cultura universale e su qualche suo collega che immancabilmente non capiva un cazzo. Le gemelle a dormire per prime, zio Mauro che prendeva sonno in poltrona e poi si trascinava a letto in stato di semincoscienza, io che rimanevo a leggere mentre zia Agnese rigovernava.

Dopo almeno mezz'ora che anch'io ero andato a letto, sentii la porta della camera aprirsi con cautela.

– Dormi, Enrico?

Non dormivo, ed ero intento a una pratica illecita. Cosí non risposi e mi immobilizzai, coricato su un lato, come fossi immerso in un sonno profondo, sperando che zia Agnese richiudesse la porta e se ne andasse.

Lei invece entrò e si sedette sul bordo del letto. Mi raggiunse il suo profumo di creme e talco e mi diede una nostalgia precoce, ma anche un'altra sensazione, meno spirituale, che non sapevo decifrare.

– Lo sai che mi dispiace, che te ne vai? Mi dispiace tanto, – sussurrò con una voce triste che non le avevo mai sentito. – Mi sentirò sola quando non ci sarai piú.

E mentre diceva cosí, cominciò ad accarezzarmi. La testa, i capelli, il collo.

Poi le spalle e il petto.

Io ero paralizzato. La sua mano era morbida e delicata, e sembrava una creatura dotata di vita propria.

Scese lentamente sulla mia pancia. Avrei dovuto fermarla, perché ancora qualche centimetro e avrebbe trovato la prova concreta della mia abiezione, e la vergogna mi avrebbe travolto.

Ma ero paralizzato, non potevo muovermi.

Quando la sua mano arrivò piú giú, non parve sorpresa e continuò a muoversi con dolcezza.

Alla fine mi tirò su il lenzuolo, e la copertina, mi diede un bacio sulla guancia e poi tutto svaní nel sonno. Svaní cosí rapidamente che a volte, negli anni, mi sono chiesto se quello che successe quella notte sia accaduto davvero.

La mattina dopo a colazione sembrava tutto normale.

– Oggi te ne vai, allora. E almeno un poco, ti dispiace? – disse zia Agnese.

Nella sua voce mi parve di riconoscere, in lontananza, la stessa nota triste della notte prima.

Feci di sí con la testa, senza alzare lo sguardo. Sentivo un confuso tumulto di emozioni ed ero sicuro di non riuscire a controllarle. Se ci fosse stata solo la zia sarebbe stato diverso, ma in giro c'erano le gemelle e anche lo zio Mauro. Non volevo mettermi a piangere davanti a loro. Avrebbero scoperto il mio – il nostro – segreto, pensai con la categorica certezza che solo le considerazioni del tutto irrazionali riescono a infonderci.

Finii di fare colazione e andai a salutare Filippo e Marino, anche se non ne avevo nessuna voglia.

Loro per prima cosa mi chiesero se al loro rientro a Bari, di lí a un paio di settimane, ci saremmo sentiti e visti, e saremmo usciti insieme. Io dissi che sí, certo che avremmo continuato a frequentarci. Sapevo benissimo che non era vero.

Giocammo a pallone sul viale. Solo un poco, senza voglia, con un senso imbarazzato di smobilitazione. Quei due ragazzini, con cui avevo condiviso un pezzo della mia vita, stavano ridiventando estranei, proprio lí, sotto i miei occhi, come per l'effetto di una brutta magia.

A un certo punto quella sensazione diventò insopportabile e dovetti scappare via. Diedi la mano, da adulto, a entrambi e dissi che avevo la valigia da fare e che non potevo trattenermi ancora. Loro volevano venire a casa per salutarmi al momento della partenza. Io replicai che no, era meglio di no. Inventai qualche scusa ma non volevo che la tristezza imbarazzata e insostenibile di quella separazione potesse trascinarsi ancora.

Adesso mi restava Benito. In realtà non sapevo nemmeno se sarei riuscito a salutarlo. Mamma aveva detto che sarebbe arrivata subito dopo pranzo e Benito stava in giro tutto il giorno, e non rientrava mai a casa prima del pomeriggio inoltrato.

Pedalai in preda a un'angoscia crescente: percepivo di essere in ritardo, ma non sapevo per cosa. Arrivai sulla sommità della collina e vidi la masseria, bianca fra le linee brune della terra. L'aia era deserta, le nuvole stavano coprendo gli ultimi frammenti di azzurro, da un punto vicino e invisibile un nibbio lanciò il suo fischio. Nell'aria c'era odore di pioggia.

Percorsi quell'ultima discesa a tutta velocità, per non sentire la solitudine e la paura. Quando poggiai la bici per terra, Benito uscí dalla casa.

– Ti stavo aspettando, – disse.

Io annuii.

– Te ne vai oggi.

Non era una domanda. Non gli chiesi come facesse a saperlo. Annuii di nuovo. Rimanemmo a guardarci, senza trovare nessuna parola. Come quella volta nella radura.

– Tu e io non ci vediamo mai piú. Lo sai, è vero?

Stavo per rispondere che no, certo che ci saremmo rivisti, cosa diceva. Sarei tornato l'estate prossima, avremmo ricominciato a fare le nostre lezioni eccetera.

Invece non dissi niente. Lo sapevo, che non ci saremmo rivisti mai piú. Lui mosse impercettibilmente un angolo della bocca verso l'alto, e altrettanto impercettibilmente annuí. Il suo modo per farmi capire che avevo superato una prova: gli avevo mostrato rispetto.

Mi disse di entrare in casa, dove non ero mai stato. Mi fece sedere al tavolo che era al centro della stanza, prese una bottiglia di vino rosso denso come il petrolio, senza nessuna etichetta, e ne versò in due bicchieri.

– Ti devo dare una cosa.

Il bastone era lo stesso di quel giorno nella radura. Me lo diede con un gesto brusco e solenne, e poi disse che potevamo bere. Era la prima volta nella mia vita che assaggiavo il vino. Era aspro e ruvido. Non mi piaceva, ma lo bevvi tutto, come si fa con una medicina.

– Mo' vattin', – disse Benito, quasi con rabbia.

Ripercorsi per l'ultima volta il sentiero, poi la strada comunale, e poi arrivai sulla strada provinciale. Incrociai una sola macchina, e per il resto tutto sembrava una terra desolata dall'abbandono.

Quando arrivai all'altezza di Borgo dei Pioppi, non mi fermai. Continuai a pedalare con una furia di cui non capivo il senso e arrivai a Villaggio Sant'Antonio, dove non avevo mai avuto il coraggio di entrare. Il cancello era aperto, non c'era nessun portiere o guardiano.

Non lo sapevo proprio cosa andavo a cercare, ma avevo la mia rabbia, il mio bastone alla cintura e un bicchiere di vino da quindici gradi in corpo.

Percorsi in bicicletta tutto il villaggio, che era molto piú grande del nostro Borgo dei Pioppi e sembrava quasi un piccolo paese. Per le strade non c'era nessuno. Erano i primi giorni di settembre e molti villeggianti erano già andati via. Vidi solo una signora anziana con un carrozzino e una ragazza dell'Est, che lavorava in qualche villa per tenere compagnia ai suoi anziani proprietari.

Di Mario e dei suoi amici, nemmeno l'ombra: anche

loro dovevano essere rientrati in città, o magari semplicemente erano in casa a mangiare.

Pensai che li avevo visti una sola volta, quel giorno nella radura. Pensai che la cosa doveva avere un senso, ma non riuscivo a capire quale.

Ripercorsi lentamente a ritroso i viali deserti di quel villaggio. Anche la signora anziana e la ragazza dell'Est adesso erano scomparse.

Pedalai verso la villa. Per l'ultima volta.

La pioggia non era ancora arrivata, forse perché il vento aveva preso a tirare forte.

In lontananza, davanti al cancello, c'era la macchina di mia madre.

Intervista a Tex Willer

Parte il tema di *Per un pugno di dollari*; sullo schermo vengono proiettate immagini dagli albi, rigorosamente in bianco e nero. Ingresso in scena.

INTERVISTATORE Vorrei premettere che sono un po' emozionato. Insomma, decisamente emozionato. Ho letto il mio primo «Tex» nel 1970. Era il numero 116, avevo nove anni, facevo la quinta elementare e, dopo, la mia vita non è stata piú la stessa. Ma voglio comportarmi da professionista. Allora, signor Willer, direi di cominciare dal principio. Per prima cosa voglio chiederle quando è nato.

WILLER Nel 1948, per la precisione...

INTERVISTATORE No, no, scusi se la interrompo. Nel 1948 è nato il suo personaggio. Io voglio sapere quando è nato lei.

WILLER In che senso, scusi?

INTERVISTATORE L'uomo Tex Willer.

WILLER Che razza di domanda. Io *sono* il mio personaggio. E anche lei del resto è il suo personaggio. Quando è nato lei?

INTERVISTATORE Quando sono nato io? Nel 1961, 30 maggio...

WILLER Troppo facile. L'anagrafe è un alibi per non rispondere. Io voglio sapere quando è nato il suo personaggio.

INTERVISTATORE Io non sono un personaggio...

WILLER Ah, no? E cosa ci fa qui sopra?

INTERVISTATORE ... beh, io sono qui per intervistarla.

WILLER E per quale motivo l'hanno ingaggiata per intervistarmi? Perché non hanno preso, faccio per dire, quella signora, sí, quella carina, in mezzo al pubblico?

INTERVISTATORE Non so cosa faccia quella signora. Io scrivo...

WILLER Appunto, lei fa lo scrittore. Ecco il suo personaggio che, ovviamente, non è nato – quando ha detto? – il 30 maggio del 1951...

INTERVISTATORE '61!

WILLER Comunque non ha nessuna importanza. Il suo personaggio – quello qui presente, l'unico che ci interessa – è nato quando lei ha scritto il primo libro, e io sono nato nel 1948, quando è uscita la mia prima storia. Di cui, sono sicuro, lei conosce il titolo.

INTERVISTATORE Certo che lo conosco. *Il totem misterioso*, era un albo a striscia. Poi nel 1958 uscí il primo albo nella forma attuale e si intitolava *La mano rossa*.

WILLER Bene, almeno è preparato. E ora, se non le dispiace, passerei ad altro, lasciando perdere queste sciocchezze delle date di nascita.

INTERVISTATORE Guardi, vorrei chiarire subito un concetto importante: in una intervista seria non è l'intervistato a decidere quali sono le domande ammissibili. Certe pretese le hanno solo i politici, anzi i politicanti, per usare un'espressione sua.

WILLER Politicanti, eh? (*guarda il pubblico e sorride con espressione complice*). Lo sapete cosa fa per guadagnarsi la vita, vero? (*rivolgendosi di nuovo all'intervistatore*). Insomma, non crede sia meglio cambiare argomento?

INTERVISTATORE Forse è meglio, ha ragione. Passiamo subito alla questione fondamentale, e dunque alla *domanda* fondamentale: perché mi ha seguito per tanti anni?

WILLER Cosa ho fatto?

INTERVISTATORE Mi ha seguito, e non faccia finta di niente. Mi seguiva dappertutto, di nascosto, e nei momenti meno opportuni saltava fuori e pretendeva di dirmi come dovevo comportarmi.

WILLER (*dopo una breve esitazione, un leggerissimo, appena percettibile trasalimento; cambiando un po' tono*) Io? Proprio non mi ricordo di aver fatto una cosa del genere. Per dire la verità non mi ricordo nemmeno di averla mai vista prima di stasera. Questa è davvero un'intervista singolare.

INTERVISTATORE Nega! Non ci posso credere. E invece era sempre lí attorno ad assillarmi con suggerimenti su come dovevo e come non dovevo comportarmi. Con gli amici, con le ragazze, e soprattutto quando c'era da litigare. Una cosa come *Provaci ancora, Sam*, per darle un'idea.

WILLER Ma di cosa parla? Chi è questo Sam?

INTERVISTATORE Va bene, lasci perdere Sam. Deve sapere che lei è stato uno dei miei miti...

WILLEER Questo lo davo per scontato, altrimenti lei non sarebbe qui a farmi domande. Peraltro non troppo intelligenti, finora.

INTERVISTATORE ... e mi identificavo con lei in modo quasi patologico. Per capirci con un esempio: da piccolo odiavo i fagioli (nella mia lista nera dei cibi precedevano anche le bietole e il fegato); poi scoprii che lei e i suoi amici mangiavate fagioli al bivacco...

WILLER Sinceramente neanch'io andavo pazzo per i fagioli. Li mangiavo perché non c'era altro. Carson invece ne era ghiotto e poi la notte... Va be', lasciamo perdere.

INTERVISTATORE Ma a me da allora piacciono! E poi, per tenerci al tema del cibo – questa era una delle cose di cui volevo parlare – si ricorda qual era la sua ordinazione quando andava a mangiare nei saloon, con i suoi amici?

WILLER Certo che mi ricordo. Una bistecca alta due dita, una montagna di patatine fritte e un barilotto di birra.

INTERVISTATORE Ecco. E quando andavo al ristorante con i miei genitori, io facevo, testualmente, la stessa ordinazione: una bistecca alta due dita, una montagna di patatine fritte...

WILLER Che c'è di male a chiedere una montagna di patatine fritte?

INTERVISTATORE Niente, a parte il fatto che io avevo dieci anni e provavo a ordinare anche il barilotto di birra.

WILLER Lei è un tipo bizzarro, devo dirglielo. E comunque cosa c'entrano i fagioli, le bistecche e le patate fritte con quello che stava dicendo prima? Questa storia che io l'avrei seguita e tutto il resto?

INTERVISTATORE Uno psicologo direbbe che avevo introiettato un modello di condotta. Il mio parametro di comportamento era lei, signor Willer. E con questo parametro i problemi seri non sorgevano al ristorante.

WILLER E dove sorgevano?

INTERVISTATORE Per esempio se c'era da fare a botte.

WILLER Se c'era da massaggiare il cranio e fare ingoiare gli stivali a qualche balordo o a qualche giuggiolone...

INTERVISTATORE Ecco, appunto. Su queste espressioni surreali torneremo fra qualche minuto. Per il momento vorrei solo dirle – visto che lei non ricorda di essere stato presente – che per seguire i suoi consigli ho preso un sacco di botte.

WILLER Perché?

INTERVISTATORE Quando capitava l'occasione di litigare – e nel quartiere in cui sono cresciuto capitava spesso – il mio impulso naturale sarebbe stato di filarmela rapidamente. Invece, nel momento meno opportuno, compariva lei e mi diceva che un vero uomo non scappa, affronta le sfide, non conta gli avversari e altre cose del genere. Io ero cosí stupido da darle ascolto e immancabilmente tornavo a casa gonfio come una bisaccia. I miei genitori erano alquanto preoccupati.

WILLER Beh, questo mi dispiace, ma io credo che uno scaldasedie – mi sembra che lei rientri decisamente nella categoria – dovrebbe evitare situazioni e luoghi in cui potrebbe farsi male. Lei, secondo me, non dovrebbe frequentare i saloon, per esempio.

INTERVISTATORE È facile parlare cosí, se si è invincibili per contratto. Ho qui dei dati statistici che ho trovato in un libro di qualche anno fa. Secondo questo studio…

WILLER Uno studio su di me?

INTERVISTATORE Sí. In questo studio c'è scritto che dal primo albo lei avrebbe riempito di pugni piú di un migliaio di persone fra bianchi, indiani, cinesi, neri, arabi, sceriffi, senatori e… anche un visitor.

WILLER E cos'è un visitor?

INTERVISTATORE Un extraterrestre.

WILLER Ah, sí, mi sembra di ricordare. Quel tipo squamoso, un sacco di tempo fa…

INTERVISTATORE Ecco, quello. Le ha suonate anche a lui. Ad ogni modo: piú di mille scazzottate e lei non le ha prese nemmeno una volta. Non è che gli autori la proteggono un po' quando si tratta di fare a botte? Per non parlare dell'improbabile, irritante culo che lei dimostra ogni volta che tentano di ammazzarla.

WILLER Lei mi sembra soprattutto alquanto invidioso. E comunque non è vero che non le ho prese mai. Una volta un *mangiatortillas*…

INTERVISTATORE Vuol dire un messicano?

WILLER Certo, cos'altro se no?

INTERVISTATORE Certo, cos'altro se no? (*scuote la testa guardando il pubblico, fra disapprovazione e rassegnazione*). Ma non divaghiamo. Diceva di questo messicano?

WILLER Un certo Ordoñez. Devo dire che menava come un fabbro e mi stava anche strangolando.

INTERVISTATORE Ma poi com'è finita?

WILLER È finita che ho estratto la pistola e l'ho mandato a spalare carbone con messer satanasso.

INTERVISTATORE Appunto, l'ha sfangata anche allora. E comunque, visto che ha parlato di spalare carbone, di messer satanasso, e visto che il nostro tempo non è molto, vorrei passare a esaminare questa faccenda delle espressioni che adoperavate, lei e i suoi amici.

WILLER Quali sarebbero queste espressioni?

INTERVISTATORE Me ne sono annotate alcune. Le passo i miei appunti, perché a me non riesce proprio di ripeterle. Le andrebbe di leggere lei, ad alta voce?

Gli passa il foglio, Tex lo guarda e poi legge, muovendo solo le labbra.

WILLER ...

INTERVISTATORE (*schiarendosi la voce*) Dicevo: le dispiacerebbe leggere ad alta voce?

WILLER «Gran matusalemme ballerino, vecchio satanasso, tizzone d'inferno, buon viaggio all'inferno, l'inferno ti inghiotta, corna di satanasso, per tutti i satanassi, fiamme d'inferno, spero di rivederti all'inferno, per la barba di Giosafatte...»

INTERVISTATORE Vada un po' piú sotto nella pagina...

WILLER Un po' piú sotto, sí dunque... «Il mio cavallo contro una sputacchiera che tra poco li vedremo tutti correre come topi in cerca di un buco... Non avete davanti i soliti polli, ma due vecchi e coriacei gallinacci dal becco piú duro di quello dei corvi». E guarda queste... «Appena caccia il naso fuori dalla finestra, glielo soffieremo con un fazzoletto di piombo... Quando avrò messo il sale sulla coda del brav'uomo che ti ha spianato la carcassa gli darò una tale ripassata che per seppellirlo basterà fare un buco per terra e metterci sopra un dollaro».

INTERVISTATORE Forse può bastare.

WILLER Ma davvero parlo in questo modo?

INTERVISTATORE Temo proprio di sí.

WILLER Beh, devo darle atto che c'è qualche ridondanza. Dovrò rifletterci su.

INTERVISTATORE Apprezzo molto che lei sia disposto all'autocritica. Credo che possiamo affrontare un altro tema, adesso. Vorrei parlare del suo rapporto con le donne.

WILLER (*leggermente a disagio*) È proprio indispensabile?

INTERVISTATORE Le crea qualche imbarazzo?

WILLER A dire il vero, sí. Soprattutto non vorrei parlare di mia moglie Lilith. È un ricordo che continua a farmi soffrire, anche se è passato tanto tempo.

INTERVISTATORE Sono un po' sorpreso. Non mi sarei mai aspettato che qualcosa potesse metterla in difficoltà. Se vuole cambiare argomento...

WILLER No, no, va bene, chieda pure. La prego solo di non toccare temi dolorosi per me.

INTERVISTATORE D'accordo. Non parliamo della signora Lilith ma, insomma, senza tirarla per le lunghe: su un blog ho letto che dopo ogni avventura lei e i suoi amici... insomma, non è che siate casti e disinteressati al sesso come volete farci credere. Su questo blog ho letto anche...

WILLER Cos'è un blog?

INTERVISTATORE Un blog è... lasciamo stare, glielo

spiego dopo. Adesso a me interessa sapere, nei limiti in cui se ne può parlare, qualcosa sulla vostra vita sessuale. Voglio dire: la sua e quella dei suoi amici.

WILLER (*dopo una pausa e un sospiro*) Lei sa cosa sono gli spazi fra le vignette?

INTERVISTATORE Beh, sono... gli spazi fra una vignetta e l'altra. Lo spazio bianco che...

WILLER Complimenti, veramente. Lei è proprio acuto. Riformulo la domanda: sa cosa c'è negli spazi fra le vignette?

INTERVISTATORE (*leggermente offeso*) No, me lo dica lei.

WILLER C'è tutta la vita che non è mai stata raccontata. Ci sono le vicende che non diventano storie – per scelta o piú spesso per caso – e si perdono nei gorghi del tempo che passa. Ci sono le occasioni non colte, le cose che non vogliamo ricordare o non vogliamo sapere di noi stessi e degli altri. Gli spazi fra le vignette sono il sottosuolo della nostra coscienza.

INTERVISTATORE Ma questo...

WILLER Mi lasci finire, è una cosa importante. Gli spazi fra le vignette sembrano piccoli, sembrano poco piú che fessure, ma nascondono un territorio e un tempo sterminati. Se avessimo il coraggio di andare a vedere, a toccare, ad ascoltare, ad annusare tutto quello che c'è in quel territorio, forse riusciremmo a capire qualcosa (*abbassando la voce, come preso da malinconia*). Ci sono tante cose, precipitate negli spazi fra le vignette.

I due restano in silenzio per qualche istante.

INTERVISTATORE Ammetto che il discorso è di un certo interesse. Ma cosa c'entra con la faccenda del sesso?

WILLER Probabilmente i miei amici e io, negli spazi fra le vignette, facciamo cose diverse da quelle raccontate nelle tavole. Diverse da quelle che vedono i ficcanaso come lei. E se posso dirglielo con molta chiarezza: quello che facciamo in quegli spazi, non è affare suo.

INTERVISTATORE Non ha tutti i torti, e poi in qualche modo ha risposto alla mia domanda. Cosí adesso vorrei tornare alla questione che avevo posto all'inizio. Quella dell'età. Vorrei spiegarle il motivo della mia prima domanda.

WILLER Dica.

INTERVISTATORE Le sue prime avventure si svolgono alla fine degli anni Quaranta del diciannovesimo secolo. Ce n'è una – che poi è la prima in cui compare Mefisto, il suo nemico piú feroce – ambientata durante la guerra fra Stati Uniti e Messico, che è del '46, e lei già dimostra una trentina d'anni.

WILLER E quale sarebbe il problema?

INTERVISTATORE Il problema sarebbe che una settantina di numeri dopo lei si trova, in pratica con la stessa faccia, a sfidare Buffalo Bill, che al tempo della guerra con il Messico non era nemmeno nato. E sembrate coetanei.

WILLER Beh, la vita all'aria aperta...

INTERVISTATORE E in altri numeri lei affronta (e ovviamente sconfigge) la famosa banda Dalton, esistita davvero, che operò nell'ultimo decennio del secolo, quando lei avrebbe dovuto avere un'ottantina di anni... Converrà che qualche dubbio sulla plausibilità cronologica e dunque sull'accettabilità delle sue storie è legittimo.

WILLER Non convengo proprio su nulla.

INTERVISTATORE Perché?

WILLER Perché le ho già detto che io sono un personaggio.

INTERVISTATORE Lo so, lo so. Ma non ha mai sentito parlare di cose come il patto con il lettore? Glielo spiego io. Il lettore, pur sapendo che la storia raccontata è fittizia, si comporta e si emoziona come se fosse vera. Ma perché si ottenga questo risultato è necessario che la storia (o, come nel suo caso, la sequenza di storie) sia plausibile.

WILLER Lei conosce Samuel Taylor Coleridge?

INTERVISTATORE Il poeta? Sí che lo conosco. Ma che c'entra...

WILLER Sa che Coleridge elaborò il concetto di «sospensione dell'incredulità»?

INTERVISTATORE Conoscevo il concetto ma non sapevo fosse di Coleridge.

WILLER Dunque sa che la sospensione dell'incredulità è l'atteggiamento del lettore o dello spettatore, il quale accetta di sospendere le proprie facoltà critiche allo scopo di ignorare le inconsistenze secondarie e godere di un'opera di fantasia?

INTERVISTATORE (*irritandosi*) Inconsistenze secondarie? Il fatto che lei si lanci in imprese da venticinquenne quando dovrebbe avere ottant'anni le sembra un'inconsistenza secondaria? La sospensione dell'incredulità implica coerenza interna della storia, anche se puramente fantastica.

WILLER (*con aria beffarda*) Ah...

INTERVISTATORE E adesso cosa vuol dire con questo «ah»?

WILLER Nulla, nulla.

INTERVISTATORE Nulla? Ma scherza? Mi risponda!

WILLER Se proprio ci tiene. Vogliamo parlare della sospensione dell'incredulità qui e adesso?

INTERVISTATORE (*all'improvviso esitante*) In che senso?

WILLER Questa nostra conversazione le sembra una «inconsistenza secondaria»?

INTERVISTATORE ...

WILLER Per dirne solo una: le sembra mai possibile che io, Tex Willer il ranger, citi Coleridge?

INTERVISTATORE No, è chiaro. Ma questa è una...

WILLER Una intervista impossibile, appunto. E nessuno ha niente da ridire sul fatto che lei e io siamo qui a conversare di queste cose. Tra l'altro: chi ha scritto il testo di questo dialogo?

INTERVISTATORE Questa è veramente una mossa scorretta, mi scusi, devo dirglielo. Questo è un meta-argomento e io non posso risponderle se lei cambia il piano della contesa dialettica.

WILLER Quindi forse è meglio lasciar perdere. E poi è davvero sicuro che siano queste le cose che le interessano? Il nostro tempo fra le vignette sta per finire.

INTERVISTATORE Il *nostro* tempo? Il tempo fra le vignette, ammesso che esista, è solo suo.

WILLER Solo mio? Perché, tu credi di non averli gli spazi, e il tempo, fra le vignette?

INTERVISTATORE Adesso mi dà anche del tu. Certo che credo di non averli. Non sono mica un personaggio di fumetto, io.

WILLER (*sospirando*) E tu saresti uno scrittore? Cosa scrivi, libri di ricette? Guide turistiche? Li abbiamo tutti, gli spazi – e i tempi – fra le vignette. Noi e voi. C'è chi lo sa e chi non lo sa, questa è l'unica differenza, ma li abbiamo tutti.

INTERVISTATORE (*leggermente sarcastico*) E quale sarebbe il *mio* spazio fra le vignette?

WILLER (*continuando a parlare come se non avesse sentito la domanda*) Li abbiamo tutti, e come ti ho detto, ci sono un sacco di cose, in quegli spazi. E c'è il tempo che passa, di sorpresa. Come faceva quella canzone? «Mi guardo intorno e mi domando come siamo sopravvissuti, io e i miei anni». Quando ero bambino...

INTERVISTATORE Quando era bambino? Ma non ha detto prima che...

WILLER (*improvvisamente e visibilmente stanco*) Sono stanco. Essere un personaggio è faticoso. Può darsi che prima o poi te ne renda conto anche tu. E comunque, visto che fra poco ci manderanno via, devo confessarti che ho detto un sacco di fesserie. Fra queste: che non mi ricordavo di te.

INTERVISTATORE Che vuol dire?

WILLER Tu eri quel ragazzino timido e col naso un po' grosso. Te ne stavi sempre da solo e gli altri ragazzini ti prendevano in giro, me lo ricordo bene. E io volevo aiutarti, a volte mi facevi proprio pena. Eri cosí dannatamente uguale a me da piccolo.

INTERVISTATORE Io... io non ci posso credere. Lei si ricorda di me? Era tutto vero allora?

WILLER Certo che era vero. Perché, noi non siamo veri? Mi ricordo di te quando litigavi con gli altri ragazzini che ti prendevano in giro. E devo ammettere che avevi fegato. Non scappavi mai. Ne prendevi tante, ma non scappavi mai.

INTERVISTATORE E come facevo a scappare? Con lei sempre alle mie spalle, a dirmi...

WILLER Ma soprattutto mi ricordo di certi pomeriggi, quando andavi a metterti su quella poltrona, nello studio di tuo padre, con tre o quattro dei miei albi.

INTERVISTATORE La poltrona, chissà dov'è finita. Non mi ricordavo, non mi ricordavo proprio... è vero, andavo a sedermi lí. Me ne ero dimenticato.

WILLER Era finita in uno spazio fra le vignette. Te l'ho detto, non ti immagini quante cose puoi trovare, in quegli spazi, se ti metti a cercare. Mi ricordo certi pomeriggi...

INTERVISTATORE Di primavera?

WILLER ... certi pomeriggi di primavera. Avevi una specie di rituale. Ti facevi un panino al prosciutto, poi prendevi tre o quattro albi di quelli che ti piaceva rileggere e andavi a sederti su quella poltrona di mio padre.

INTERVISTATORE Ehi! Ha detto: «di *mio* padre».

WILLER Ho detto cosí? Strano, non me ne sono accorto. Volevo dire: «di *tuo* padre», naturalmente.

INTERVISTATORE (*sta per dire qualcosa, ma poi ci ripensa e rimane in silenzio*)

WILLER Mi ricordo la luce del sole che filtrava dalle finestre semichiuse di quello studio. Ti guardavo leggere, guardavo la tua faccia e pensavo che tutti i pomeriggi dovrebbero essere cosí perfetti. Tutti i ricordi dovrebbero essere cosí perfetti.

INTERVISTATORE Non ci posso credere.

WILLER Adesso me ne devo andare, ma c'è ancora una cosa che devo dirti.

INTERVISTATORE ...

WILLER Ti ricordi che a un certo punto, forse avevi diciotto, diciannove anni, hai smesso di leggere le mie storie?

INTERVISTATORE Sí, piú o meno allora.

WILLER E ti ricordi perché hai smesso?

INTERVISTATORE Beh, non vorrei offenderla, ma insomma, non mi piacevano piú tanto.

WILLER Ah, sí? Non ricordi l'ultima volta che ci siamo visti, tu e io? Non ricordi quello che ti ho detto, prima di salutarti?

Qui parte *As time goes by*, in sottofondo.

INTERVISTATORE Veramente, no.

WILLER Ti sei creato uno stile personale. Non avrai piú bisogno di me, in futuro. Ormai non ho piú niente da insegnarti che tu già non sappia.

INTERVISTATORE Ehi, ehi... ma questo lo dice Bogart a Woody Allen.

WILLER (*sorridendo come uno il cui gioco è stato scoperto*) Vero, ma sai, veniamo dallo stesso posto, Bogart e io. Capita di parlarsi. E adesso devo proprio andare.

Sta per andarsene, fa due passi, poi si ferma e pronuncia l'ultima frase parlando lentamente.

WILLER E ricordati il tempo fra le vignette, è lí che succedono le cose importanti.

Giulia

Era un venerdí sera d'inverno, avevo guidato per ore lungo un'autostrada deserta e alla fine ero arrivato al casello di Bari Nord. Ero reduce dai tre giorni del convegno annuale della Società italiana di psichiatria infantile, e ne avevo avuto veramente abbastanza.

Volevo sbrigarmi, arrivare a casa, fare una doccia e piazzarmi davanti alla televisione con una birra e un panino. E per quella sera, al diavolo tutto il resto.

Il casellante mi restituí la tessera e io feci per riaccendere il motore che non teneva il minimo e si era spento come al solito. Fu in quel momento che sentii bussare piano sullo sportello di destra. Ebbi un sussulto e mi girai, ma il finestrino era appannato.

Dovetti abbassarlo tutto per vedere la faccia della bambina. Ci guardammo per qualche secondo senza dire niente. Poi fu lei a parlare.

– Posso salire?

– Da dove vieni fuori, tu?

– Mi sono persa. Posso salire? – Una nota di impazienza nella voce.

Mi allungai per aprire lo sportello, lei entrò e si sedette.

– Grazie.

Indossava un incongruo abitino estivo con un grosso strappo, portava una piccola borsa di paglia celeste e non aveva piú di sette, otto anni. Ebbi la sensazione di averla già vista, da qualche parte.

– Dove sono i tuoi genitori?

– Sono a casa, adesso. Puoi darmi un passaggio?

Stavo per dire qualcosa ma poi pensai che ero lí, fermo in macchina a un casello autostradale, in compagnia di una bambina con i vestiti strappati. Di sera tardi. Pensai che sarebbe stato spiacevole spiegare la situazione a una pattuglia della polizia stradale cui fosse venuta voglia di fare un controllo. Cosí ripartii senza aggiungere niente, rinviando le domande.

La bambina si era sistemata sul bordo del sedile, con le mani incrociate in grembo, la borsetta fra le dita. Quando le dissi di sedere piú indietro e di mettere la cintura di sicurezza, si voltò lentamente – *molto* lentamente – verso di me, con un sorriso lieve, e remoto.

Rimase a guardarmi – la sentivo piú che vederla – per qualche secondo e poi, sempre lentamente, con quei movimenti accurati dei bambini che vogliono comportarsi da adulti, allacciò la cintura e si appoggiò allo schienale.

Sono uno psichiatra infantile e per mestiere, di solito, sono a mio agio con i bambini. Non quella sera.

– Come ti chiami?

– Giulia.

– Che ci facevi al casello a quest'ora, da sola?

– Mi ero persa.

– E adesso dove dovremmo andare?

Non rispose subito. Aprí la borsetta di paglia, ne tirò fuori un foglietto, una pagina di quaderno a quadretti, e lesse un indirizzo, di Bari. Non lontano da casa mia.

Che cosa singolare, pensai. Porta con sé l'indirizzo di casa. Non poteva dirmi anche un numero di telefono? Cosí avrei chiamato per avvertire che stavamo arrivando. Non ce l'aveva, il numero di telefono. Va bene, andiamo – pensai – tanto in dieci minuti saremmo giunti a destinazione.

Nel percorso riuscii a scoprire poco. Non aveva ancora compiuto otto anni, era molto brava a disegnare, le piaceva inventarsi delle storie, e illustrarle.

Le piaceva il mare. Tantissimo, disse, e mi sembrò di cogliere una nota di rimpianto.

Le chiesi se avesse fratellini o sorelline.

– No. Mamma e papà sono rimasti soli.

Rispose cosí, e io pensai che era una strana risposta.

Arrivammo poco prima delle undici. Parcheggiai la macchina in doppia fila davanti al portone e feci per scendere. Volevo accompagnarla su a casa, parlare con i genitori e spiegare la situazione.

La bambina però si tolse rapidamente la cintura di sicurezza e mi disse che *non* dovevo scendere. Lo fece prendendomi un polso e trattenendomi seduto. Aprí lo sportello e poi, come per una decisione improvvisa, si voltò di nuovo verso di me e mi diede un bacio sulla guancia.

Fu in quel momento che sentii una fitta improvvisa di tristezza, una tristezza infinita e inspiegabile. Cosí violenta e inattesa che dovetti chiudere gli occhi, per qualche istante.

Quando li riaprii, la bambina non c'era piú. Mi chiesi come avesse fatto in quei pochissimi secondi a citofonare, farsi aprire, entrare e sparire dietro il portone. Senza nessun rumore.

Ebbi l'impulso di seguirla, ma mi resi conto che non sapevo nemmeno a chi citofonare e, ancora una volta, che ero in una situazione strana, difficile da spiegare se qualcuno mi avesse chiesto di farlo.

Allora misi in moto per andare a casa.

Ero molto stanco.

Il giorno dopo era l'antivigilia di Natale. Mi alzai con comodo, scesi a far colazione e a leggere il giornale nel caffè sotto casa.

Quella mattina un titolo di ultim'ora occupava quasi metà della prima pagina: *Suicida dopo l'assoluzione il presunto assassino della piccola Giulia.*

A qualche giorno dall'assoluzione per l'accusa di stupro e omicidio della piccola Giulia M., P.P., ricco antiquario barese, muore precipitando dalla terrazza del suo appartamento al quinto piano. Si pensa al suicidio poiché l'accurato sopralluogo dell'appartamento effettuato dai tecnici della polizia scientifica non ha consentito di individuare alcuna traccia di effrazione o di colluttazione. Gli inquirenti comunque dichiarano di non scartare, allo stato, nessuna ipotesi.

Seguiva una descrizione dei momenti drammatici della lettura della sentenza. «Maledetto assassino» aveva gridato il padre di Giulia mentre la mamma piangeva, disperatamente. Come aveva fatto durante tutto il processo.

I particolari erano all'interno, e con i particolari la foto della bambina.

Quella bambina.

Gli articoli riepilogavano cose che ricordavo, sul fatto di cronaca che risaliva a un anno prima. Li lessi lo stesso, in modo meccanico, quasi a prendere tempo per trovare un senso a quello che mi era capitato. Che mi stava capitando.

La famiglia della piccola Giulia M. era di Bari ma viveva a Bologna. Venivano a trascorrere le vacanze di Natale giú, a casa dei nonni. Viaggiavano in auto. Subito dopo il casello di Bari Nord il papà si era accorto di avere una gomma a terra e si era fermato per cambiarla. Erano scesi tutti e tre dalla macchina e, a un certo punto, madre e padre avevano perso di vista la bambina.

Era stata ritrovata due giorni dopo nella campagna, quaranta chilometri piú a sud.

Seguiva una descrizione del corpo, ma quella non la lessi.

Le indagini avevano portato all'incriminazione e all'arresto di P.P., ricco antiquario con precedenti per molestie.

Il processo, indiziario, era stato segnato da scontri durissimi fra il pubblico ministero, il difensore di parte civile e gli abilissimi, costosi avvocati del signor P.P. Costoro si erano ripetutamente scagliati contro i metodi delle indagini – inquisitori e inaccettabili, secondo loro – e avevano ammonito i giudici perché evitassero un tragico errore giudiziario.

La corte, dopo una camera di consiglio durata quasi due giorni, non aveva accolto la richiesta di ergastolo avanzata dalla pubblica accusa. Aveva invece pronunciato un'assoluzione destinata a far discutere.

Il pubblico ministero, visibilmente contrariato, non aveva voluto rilasciare dichiarazioni, limitandosi a preannunciare l'appello. Il difensore di parte civile aveva detto che si trattava di una decisione inqualificabile mentre gli avvocati del signor P.P. avevano parlato di sentenza coraggiosa e giusta.

Coraggiosa e giusta. Era scritto proprio cosí.

Rimasi a lungo seduto, portando la tazza alla bocca senza bere, accendendo diverse sigarette senza fumarle.

Cercando una spiegazione senza trovarla.

A un certo punto pensai che non potevo starmene lí con il cervello che mi andava in fumo e il barista che mi guardava perplesso. La mia faccia non doveva essere la solita, che lui conosceva bene. Decisamente no.

Cosí uscii. Non mi ci vollero piú di dieci minuti per arrivare a quell'indirizzo. Non so che cosa mi aspettassi di trovare. Certo è che quando diedi un'occhiata alle targhette del citofono scoprii quello che sapevo già. In quel palazzo aveva abitato il signor P.P., antiquario.

E stupratore, e assassino di bambini. Maledetto.

Se qualcuno poteva dirlo, quello ero io.

Tornavo lentamente verso casa senza sapere cosa fare.

Cosí pensai di andare a fare un giro in macchina, da qualche parte. Al mare magari, visto che era una bella giornata d'inverno, fredda e tersa.

Andai a prendere la macchina, mi sedetti, stavo per partire quando mi accorsi della macchia celeste che spuntava sotto il sedile del passeggero.

La borsetta di paglia.

La raccolsi con un gesto da automa e subito ebbi la stessa sensazione di tristezza dolorosa della sera prima. Una specie di nostalgia lancinante.

La nostalgia che riguarda le cose che non sono accadute, e che non potranno accadere mai piú.

Me la portai dietro mentre guidavo verso sud e fino a quando arrivai in un posto dove ci sono scogli alti, a picco sul mare.

L'acqua era limpidissima. Pura, mi venne di pensare.

Era il posto giusto, ma dovevo trovare il *modo* giusto. Dovevo trovare le parole.

Cosí, per un tempo che non so dire, rimasi seduto su uno scoglio a guardare l'acqua trasparente sotto di me, tenendo in mano la piccola borsa azzurra.

Fino a quando ricordai la volta che avevo visitato il cimitero di una cittadina del New England. Uno di quei cimiteri con semplici lapidi bianche in mezzo a un prato. Ero stato attirato dall'epitaffio di una bambina morta – uccisa, avevo pensato – a poco piú di sei anni. Diceva cosí.

> Hai visto, nella tua breve vita, piú orrori
> di quanti dovrebbero esistere nel mondo intero.
> riposa adesso, bambina.

Lo recitai a voce bassa, ma una persona che fosse stata vicina a me avrebbe sentito. Sicuramente.

Riposa, dissi ancora una volta prima di lanciare la piccola borsa di paglia in quell'acqua limpida. E pura.

Poi salii in macchina e andai via.

La velocità dell'angelo

Mi piace andare a scrivere nei bar. È una vecchia fissazione, da quando ero ragazzo e leggevo Hemingway, e pensavo che andare a scrivere negli esercizi pubblici fosse un requisito indispensabile per diventare scrittore.

Ho smesso di leggere Hemingway da anni, ho addirittura trovato il coraggio di dire che, alla fine dei conti, non mi piace cosí tanto e che alcuni suoi romanzi possono essere piuttosto noiosi – a volte *parecchio* noiosi – ma l'abitudine di andare a scrivere nei bar mi è rimasta.

Era un tardo pomeriggio di settembre. Il posto si chiamava – non so se esista ancora – *Caffè del Pescatore* e non aveva nessuna particolare attrattiva, a parte una piccola terrazza con la vista sui frangiflutti e poi sul mare, e la quasi totale assenza di altri avventori.

Mi sedetti, ordinai un bicchiere di vino bianco freddo, aprii il computer e cominciai a scrivere. Se lavoro nel mio studio mi distraggo ogni cinque minuti; nei luoghi pubblici invece sviluppo una misteriosa concentrazione e scrivo a lungo, quasi senza accorgermi delle ore che passano.

Riemersi dalla scrittura dopo un tempo imprecisato, due bicchieri di vino e un piatto di taralli, olive e provolone. Adesso un paio di tavoli erano occupati. Davanti a me c'era una coppia di ragazzi vestiti di nero da capo a piedi che fumavano sigarette piuttosto puzzolenti, bevevano birra, mangiavano patatine fritte.

Seduta alla mia destra c'era una donna in pantaloni cargo e maglietta bianca. Aveva il corpo di un'atleta in forma – asciutta, braccia magre e muscolose, spalle larghe – ma il viso segnato da rughe come cicatrici di rasoio, orizzontali sulla fronte, verticali ai lati della bocca.

Sul suo tavolo c'erano una birra, un panino e un quaderno a spirale. Scriveva qualcosa, con la fretta sincopata di chi cerca di tener dietro a un pensiero e teme possa sfuggirgli. Poi dava un morso al panino e beveva un sorso di birra. Quindi tornava a scrivere. Emanava un misto di padronanza, urgenza, precarietà e – mi ci volle un po' per metterlo a fuoco – anche un vago senso di minaccia. Era impossibile non guardarla.

A un certo punto si alzò, fece qualche movimento per sgranchirsi e mentre si tirava un ginocchio verso il petto, da una tasca dei pantaloni le cadde a terra una manciata di monete. Colpirono il pavimento con il rumore di una breve raffica e molte rotolarono fin sotto la mia sedia. Mi alzai per aiutarla a raccoglierle.

– Grazie, – disse alla fine mentre eravamo in piedi uno di fronte all'altra, a metà strada fra il suo tavolo e il mio.

– Come mai porta con sé tutti questi spiccioli?

Era una cosa detta cosí per dire, ma lei parve prenderla sul serio. Lasciò passare qualche secondo, soppesando la mia domanda, poi decise di rispondere.

– Sono per i mendicanti.

– In che senso?

– Porto sempre un po' di monete per i mendicanti.

– Come Matthew Scudder.

– Chi?

– È il protagonista di una serie di romanzi ambientati a New York. Un ex poliziotto, investigatore privato. Lui fa qualcosa di simile. Quando viene pagato per un lavoro cambia una parte dei soldi in banconote da un dollaro per darli ai mendicanti che incontra.

– Un ex poliziotto, – disse lentamente, come se fosse un'espressione che non aveva mai sentito prima e di cui doveva valutare bene il significato.

– Sí, conosce questi romanzi?

– No –. Fece una lunga pausa, guardandomi come cercasse qualcosa che le sfuggiva. – Sono dei polizieschi?

– Sí.

– Non sono la mia lettura preferita, i polizieschi. Diciamo che non ne leggo proprio.

– Cosa legge?

– Quello che capita. Cerco di recuperare.

– Recuperare?

– Ho cominciato a leggere, davvero, solo qualche anno fa –. Prima di andare avanti scosse la testa come per scacciare un insetto. – Da ragazza mi piaceva solo lo sport.

– Dobbiamo proprio restare in piedi?

Ci sedemmo al mio tavolo. Chiamai il cameriere, che era un personaggio decisamente surreale. Sulla sessantina, treccine rasta e l'espressione vaga di uno che ha appena fumato qualcosa di serio. Gli ordinai un altro bicchiere di vino bianco per me e una birra per lei.

– Che sport faceva?

– Mi riusciva facile quasi tutto, ma soprattutto correvo veloce. In seconda media ero la piú veloce della scuola, maschi inclusi.

Bob Marley arrivò con il vino, la birra e un toast tagliato in quattro.

– A me sarebbe bastato non essere il meno veloce della classe.

Mi guardò per controllare se dicevo sul serio. – Va bene, ho esagerato. Non ero il meno veloce della classe ma non ero nemmeno fra quelli che riuscivano negli sport. Ne ho provati tanti, non ero bravo in niente e la cosa buffa è che invece per parecchi anni ho sognato di diventare un campione di qualcosa. Lei?

– Sono stata un'atleta. Dalla fine del liceo fino a venticinque anni lo sport è stato il mio lavoro. Facevo i cento e i duecento metri. Lei di cosa si occupa?

Che domanda strana, mi dissi. *Lei di cosa si occupa*. Occuparsi di qualcosa, che vuol dire? Occuparsi significa dedicarsi, badare, interessarsi. Accudire. Curarsi. Non lo so, davvero, di cosa mi *occupo*, pensai con un moto di sgomento.

– Scrivo romanzi. Prima facevo anche altro, ma da qualche anno ho lasciato tutto. Adesso scrivo e basta.

– È uno scrittore? – chiese con stupore genuino.

– Sí.

– E come si chiama?

Le dissi il mio nome e lei non lo conosceva. Le dispiaceva, aggiunse.

– È la prima volta nella mia vita che incontro uno scrittore. Che tipo di romanzi scrive?

Svuotai il bicchiere e feci cenno a Bob Marley di portarmene un altro. Era il quarto, cioè piú o meno una bottiglia. Da mesi avevo cominciato a bere troppo. Non era una buona cosa ma non avevo voglia di pensarci.

– *Che tipo di romanzi scrivo*. Qualche anno fa avrei saputo rispondere abbastanza facilmente a questa domanda. Adesso non lo so.

– Che vuol dire?

– Qualche anno fa quello che scrivevo mi piaceva. Adesso invece non sono sicuro che da lettore avrei voglia di leggere libri come i miei. E cosí faccio fatica a dire che tipo di romanzi scrivo. Dev'essere una specie di sindrome da evitamento, una cosa in cui sono abbastanza bravo. L'evitamento, intendo.

Lei socchiuse gli occhi come sforzandosi di afferrare un'idea riottosa.

– Perché sta passando il suo tempo a chiacchierare con me? Non dà l'impressione di volermi rimorchiare.

– Bisogna stare attenti quando si parla con gli scrittori. Spesso, mentre ti ascoltano, stanno soprattutto pensando a come potranno utilizzare quella conversazione per il loro nuovo libro.

– Vuol dire che lei sta pensando a come utilizzare questa conversazione per il suo nuovo libro?

– A dire il vero quello che ci stiamo dicendo non ha molto a che fare con l'argomento del mio nuovo, ipotetico libro. Ma non si sa mai –. E poi, dopo una breve pausa: – E in ogni caso neanche lei dà l'impressione di volermi rimorchiare.

Un lieve sorriso, con una sfumatura ironica, le aleggiò sulle labbra.

– Di cosa parla questo libro?

– Ottima domanda. Il problema è che spesso uno non lo sa davvero di cosa parla il suo romanzo, fino a quando non lo ha scritto. Comunque sia, è una storia che ha come protagonista una donna dalla vita normale – qualunque cosa significhi: *una vita normale* –, del tutto eterosessuale, che un bel giorno si innamora di una ragazza.

Mi guardò come si guarda un fantasma. Per diversi secondi, come se avesse perso d'un tratto l'equilibrio o il senso della situazione. Stavo per chiederle se si sentiva bene, se era successo qualcosa, quando lei fece un gesto conclusivo con la mano. – Devo andare, sono in ritardo per il lavoro.

Che lavoro, a quest'ora? Che lavori si cominciano dopo le otto di sera?

Portiera di notte, tassista, poliziotta, farmacista, facchina all'ortomercato, infermiera, barista, conduttrice di un programma radio, netturbina, prostituta?

– Magari ci si rivede da queste parti.

Mi scrutò ancora per qualche secondo. Poi si alzò e andò via.

Quando arrivai al *Caffè del Pescatore* il giorno dopo, il sole era già tramontato. Lei era seduta al suo tavolo, davanti a sé un boccale di birra mezzo vuoto, il quaderno a spirale aperto, alcune matite sparpagliate. Aveva l'aria di essere lí da un po'.

– Buonasera, – dissi.

Mi guardò e sembrava non mi avesse riconosciuto. Fu uno sguardo prolungato e un po' imbarazzante. Mi rispose quando stavo per spiegarle che ci eravamo incontrati la sera prima, che avevamo chiacchierato, che ero un bravo ragazzo, o roba del genere.

– Lei mi conosce?

– Se la conosco? Vuol dire: da prima di ieri?

Mi osservò a lungo, e sembrava cercasse nel mio volto i segni di una trama, di una strategia. Sembrava cercasse un significato nascosto. Alla fine parve rilassarsi.

– Mi scusi. È che... insomma, quello che ha detto ieri.

– Cosa ho detto ieri?

– Ha parlato del suo nuovo romanzo.

– È un'idea cosí brutta?

Accennò un sorriso.

– Vuole sedersi?

Mi sedetti e feci un cenno al rasta sessantenne. Lui annuí a distanza con espressione d'intesa e un minuto dopo arrivò con un bicchiere di vino e due coppette con olive e taralli. In realtà avrei voluto ordinare una birra, ma Bob

Marley sembrava cosí soddisfatto – un professionista che fa con precisione il suo lavoro – che non me la sentii di rimandare indietro il vino.

– Allora, cosa c'è che non va con il mio romanzo, o meglio, per essere precisi: con la mia *ipotesi* di romanzo?

Lei si strinse nelle spalle e fu chiaro che, almeno per il momento, la domanda non avrebbe trovato risposta. Cosí decisi di cambiare argomento.

– Ieri è andata via dicendo che era in ritardo per il lavoro.

– La sera vado a fare compagnia a una coppia di persone anziane. Dormo da loro e la mattina dopo mi dà il cambio una signora georgiana. In realtà sono autosufficienti, mi pagano per la compagnia. Mi pagano per dormire e per sentirsi sicuri. Però faccio anche altri lavori –. Le ultime parole le disse con un tono di vaga giustificazione.

Se esiste uno stereotipo della badante, lei era esattamente agli antipodi. Quella risposta inattesa mi diede la percezione disturbante di qualcosa fuori posto. Come un'infiltrazione, un odore molesto, un accordo dissonante. Un sogno a occhi aperti, di quelli inquietanti che fai sul confine sottile fra la veglia e il sonno.

Una crepa sul muro.

– Perché mi ha chiesto se la conoscessi?

– Qualche anno fa la mia faccia è finita diverse volte sui giornali.

Scossi il capo. Non mi ricordava nulla e anche se a ripensarci adesso mi sembra strano, non mi venne di chiederle per quale motivo ci fosse finita, sui giornali. Lei bevve la birra rimasta nel boccale – è calda, pensai – e cominciò a rimettere in borsa le sue cose. Giocherellai con un tarallo, lo misi in bocca tutto intero, sentii la superficie croccante di olio che cedeva sotto i miei denti, svuotai anch'io il mio bicchiere. Non sapevo cosa dire ma avrei voluto che non se ne andasse. Parlò quando era già in piedi, prendendomi alla sprovvista.

– Qual è il problema con i suoi libri?

Mi strofinai una mano sul viso, per guadagnare tempo, immagino.

– Avrei bisogno io di qualcuno che me lo spieghi. Comunque è qualcosa che ha a che fare con la verità – o con la sua mancanza.

– Lei non è felice?

– Temo di no.

Annuí, come se la mia risposta l'avesse pienamente soddisfatta.

– Scusi?

– Sí?

– Cosa scrive su quel quaderno? O disegna? È da ieri che me lo chiedo.

– Liste.

– Liste? Che vuol dire?

– Quando ci vediamo la prossima volta glielo spiego.

Poi mi fece ciao con la mano e se ne andò. Rimasi ancora una decina di minuti ma nemmeno lo aprii, il computer. Ero sicuro che non avrei scritto un rigo.

Il rasta ormai mi salutava come fossimo vecchi amici. Mi sorrise con aria di intesa e mi chiese – ma non era una domanda – se volessi il *solito*. Io dissi di sí, lui annuí e si allontanò.

– La dottoressa Sara non è ancora arrivata, – mi disse portandomi il vassoio con il vino, i taralli e le olive. – Ma arriva, – aggiunse, – arriva quasi sempre.

La dottoressa Sara. Strano modo di esprimersi, pensai. Un misto bizzarro di confidenza e rispetto. Perché la chiamava cosí?

Mi guardai attorno, cosa che non avevo fatto le due volte precedenti. Davanti a me, alla fine del telone che copriva la terrazza, c'erano i frangiflutti di cemento e poi il mare. *Conglomerato cementizio*, mi venne in mente. *Conglomerato cementizio e mare al tramonto*, era il titolo della composizione. In sé il calcestruzzo sarebbe assai brutto, ma associato in quel modo al mare e al cielo del tardo pomeriggio, aveva un'austera bellezza. Le punte della ghiaia che sbucavano di qualche millimetro a decine, a centinaia, dalla superficie dei blocchi, parevano alludere a una vita nascosta e prigioniera in quel materiale inerte. In lontananza c'erano parecchie barche di pescatori e smettendo di pensare a sé stessi si riusciva anche a sentire l'odore del mare.

– Buonasera, – disse Sara.

– Buonasera.

– È arrivato in anticipo oggi.

Il cameriere si materializzò e per qualche istante ebbi l'impressione nettissima che i due fossero d'accordo e io fossi coinvolto in un gioco il cui significato mi sfuggiva.

– Ciao Cosimo. Anche a me del vino, oggi. E qualcosa da mangiare, sono digiuna da stamattina –. Cosimo – adesso conoscevo i nomi di tutti e due – annuí con l'espressione di Mister Wolf in *Pulp Fiction*.

Mi chiamo Cosimo, risolvo problemi.

Tornò con una bottiglia di vino in un secchiello – *siccome lo bevete tutti e due non sto a fare avanti e indietro* – e poi con un vassoio contenente focaccia a pezzetti, piccole mozzarelle, prosciutto crudo tagliato a cubetti.

– Ieri ha accennato alla verità. Cosa voleva dire?

– Non è un discorso molto semplice e...

– Beh, lei provi a farlo e io proverò a capirlo. Se qualcosa mi sfugge può spiegarmela di nuovo, o magari farmi anche dei disegni.

– Non volevo dire...

– Lo so. Scusi. Faccio ancora fatica a trattenere le battute acide, ci sto lavorando da anni.

– Ha mica una sigaretta? – chiesi senza nutrire eccessive speranze.

Scosse la testa con una punta di rincrescimento.

– Non fumo da un sacco di tempo.

Annuii gravemente, come se fosse stato chiarito un punto importante ma preliminare e fosse giunto il momento di toccare le questioni fondamentali.

– Allora? – insisté.

– Ho l'impressione di rimanere sempre sulla superficie, di non riuscire ad andare in profondità. Non è esattamente il modo migliore per dire la verità. All'inizio era un po' diverso, ma insomma.

Mi fissò, senza fare domande, in attesa.

– Mettiamola cosí: uso un po' troppo le dissolvenze.

– In che senso?

– Nel senso del cinema. La dissolvenza è quando l'immagine si oscura fino a essere sostituita dallo schermo nero; indica la tranquilla conclusione di una scena, il passaggio sereno a un'altra scena. Con la dissolvenza si può fare a meno di raccontare quello che non ci piace, che non ci va, che è sgradevole, per noi o per gli altri.

– E lei usa le dissolvenze?

– Piú del dovuto, temo. Quando si arriva a quei punti io sfumo e ricomincio con un'altra scena. Invece uno dovrebbe raccontare proprio quello che succede quando parte la dissolvenza. *Dietro* la dissolvenza. La verità è proprio da quelle parti, ma io ho problemi ad andarci, da quelle parti.

– Sono zone pericolose.

– Appunto. Si intende di zone pericolose?

– Abbastanza.

Rimanemmo in silenzio per qualche minuto e mi stupii di non essere a disagio.

– Ha voglia di sentire una storia?

– Sí.

– Le ho detto che lo sport mi piaceva, e correvo molto forte. Dopo il liceo mi presero nel gruppo sportivo della polizia.

– Non si iscrisse all'università?

– Mi iscrissi, a giurisprudenza. Era l'accordo che avevo fatto con mio padre. *Vai avanti con lo sport solo se mi prometti di continuare a studiare.* Me la sento ancora nella testa, voglio dire: sento proprio la voce di mio padre, come se fosse in un'altra stanza, ma qui.

– Suo padre…

– Era un magistrato. È morto. Tre anni fa –. Socchiuse gli occhi e mi pareva quasi che cercasse di sentire quella voce, da un'altra stanza.

– Comunque ho mantenuto la promessa. Quella, almeno. Mi sono laureata lo stesso anno in cui ho preso per l'ultima volta una medaglia in un campionato italiano. Bronzo. Se sei abituata a metalli piú pregiati il bronzo significa diverse cose. Fra queste: è bene pensare a smettere. E ho smesso, prima di trovarmi ad arrancare alle spalle di ragazze piú giovani, piú forti e piú dotate. Poi ho fatto il concorso per diventare funzionario di polizia, l'ho vinto e cosí da agente scelto nel gruppo sportivo sono diventata vicecommissario in prova. La polizia mi piaceva fin da quando ero bambina, i telefilm con le donne poliziotto mi ipnotizzavano e se mi chiedevano cosa avrei voluto fare da grande dicevo, appunto, la donna poliziotto. In realtà mio padre avrebbe voluto che facessi il magistrato come lui, ma nemmeno presentai la domanda, per quel concorso.

– Non mi ha detto di sua madre.

– È morta quando ero bambina, piccola. Non mi ricordo la sua faccia e nemmeno la sua voce. Mi ricordo solo odore di latte e biscotti.

Presi la bottiglia dal secchiello e riempii i bicchieri.

– Dopo il corso e dopo un anno passato a fare l'insegnante in una scuola per agenti – una noia mortale –, mi ritrovai su mia richiesta a dirigere la sezione antirapina di una grande squadra mobile. Mi ci avevano messo perché nessuno ci voleva andare ma erano tutti piuttosto preoccupati.

– Perché non è un lavoro da donne?

– Esatto. L'idea è che anche il capo vada per strada. Però non ci si aspetta che lo faccia un capo femmina.

– E lei cosa ha fatto?

– Lasciai passare qualche giorno per ambientarmi e poi dissi all'ispettore che stava in ufficio e faceva i turni, che la settimana successiva sarei uscita in moto, con tutti gli altri. Quello mi guardò con una faccia strana. Io gli chiesi se ci fosse qualche problema e lui rispose che no, dottoressa, certo che non c'erano problemi. Scelse uno degli agenti piú anziani, per guidare la moto. O almeno, mi sembrava molto anziano allora. Aveva quarantacinque anni, me lo ricordo bene, fu una delle prime cose che mi disse. Adesso quarantacinque anni non mi sembra proprio un'età da anziano. Comunque sia Lotar – cosí lo chiamavamo – era un gigante, ex lottatore, completamente pelato, con degli occhi verdi che facevano paura. Stava in polizia da venticinque anni e aveva fatto sempre quel lavoro. Voglio dire: uscire in moto e dare la caccia ai delinquenti. A quell'età di solito si passa a incarichi un po' piú tranquilli, ma a lui piaceva la strada e aveva sempre rifiutato i trasferimenti ad altre sezioni. Chissà che fine ha fatto. Sarà in pensione…

Mi resi conto che il cielo aveva cambiato colore e il mare

era diventato blu profondo. Si era alzato il vento e nell'aria c'era il senso di minaccia e di eccitazione che a volte si percepisce nelle stagioni di passaggio. Il cameriere non era in vista, non c'erano altri clienti e tutto all'improvviso dava un senso di imminenza tragica. Ebbi un brivido, uno solo, asciutto e preciso.

– Lotar si sforzava di trattarmi in modo normale, ma era in imbarazzo. Non aveva mai fatto coppia con una donna e tantomeno aveva mai avuto un *capo* donna. Guidava prudentissimo, mi portò in giro per bar, circoli ricreativi, sale giochi: i posti dove si incontrano i pregiudicati. Li conosceva tutti e loro conoscevano lui. Me li indicava e mi diceva cognome, nome, soprannome e specialità. Furti in appartamento, borseggi, scippi, spaccio, rapine, usura, ricettazione. Un giro turistico nella città dei criminali. Poi, proprio quando avevamo deciso di andare a prenderci un caffè e a fumare una sigaretta, sentimmo gridare alle nostre spalle. Lotar fece girare la moto su sé stessa con una manovra che non avevo mai visto, e mi ricordo il rumore delle gomme sull'asfalto e la faccia terrorizzata di una signora che stava cominciando ad attraversare la strada e fece quasi un salto per tornare sul marciapiede. Facemmo in tempo a vedere un ciclomotore con due ragazzi a bordo che sgusciava contromano fra le auto, e una donna che cercava di rialzarsi da terra. Lotar ebbe un attimo di esitazione per via della mia presenza – ma forse questa è una cosa che mi sono immaginata – e poi partí. Li raggiungemmo dopo qualche isolato di corsa folle contromano, fra rumori di ruote, clacson, urla. Lotar li strinse contro un marciapiede e li fece cadere. Quello che guidava si fece male e rimase a terra, l'altro invece scappò a piedi. Da questo momento il mio ricordo cambia. Sparisce tutto, ci siamo solo quello che scappa e io. Non ci sono rumori. Io salto giú dalla moto e gli corro dietro. Corro benissimo, sciolta e precisa, un salto dopo l'altro, come nelle gare che sai di poter vincere.

Un sorriso lieve le si dipinse sulle labbra a quel ricordo. Sembrava parlasse di una storia d'amore, di un primo bacio, non dell'inseguimento di uno scippatore.

– Lo prese?

– Sembrava andasse al rallentatore. Lo raggiunsi senza sforzo e gli diedi uno spintone. Lui perse l'equilibrio, cadde a terra, io gli saltai addosso, lo presi a pugni e schiaffi sulla testa.

– E lui non reagí?

– Sa che non mi ricordo? Di sicuro non mi colpí; forse provò a reagire, o a divincolarsi, ma poi arrivò Lotar. Lo conosceva, gli disse solo «stai fermo là» e quello si immobilizzò. Allora riuscii ad ammanettarlo, mi alzai e mi trovai di fronte a Lotar. Rimanemmo lí per qualche secondo o forse di piú, e io non mi dimenticherò mai, per tutta la vita, il suo sguardo. «Corre molto veloce, dottoressa», fu l'unica cosa che riuscí a dire, alla fine.

Guardava lontanissimo, ora. Oltre me, oltre il banco del bar, oltre la strada che c'era fuori. Diritto nei territori perduti di quel gesto perfetto e di tutti gli altri gesti perfetti e della sua giovinezza invincibile e universale e perduta, come per tutti. C'era una vertigine, nei suoi occhi, che mi costrinse a distogliere i miei.

Quando si ridestò disse che si era distratta, era tardi, doveva andare. Mi ha fatto piacere parlare con te, scusi, con lei, adesso vado, se vuole ci vediamo domani, volentieri, magari... magari cosa? nulla, magari. Buonasera, buonanotte.

Buonanotte.

Arrivai prima delle altre volte. Non lo avrei mai ammesso, ma arrivai prima perché volevo piú tempo per chiacchierare con lei. Era un pomeriggio nuvoloso e l'aria era fresca. Temperatura al di sotto delle medie stagionali, perturbazione atlantica in arrivo, anticipo di autunno. Tutti i colori erano spenti, si sentiva fortissimo l'odore di salsedine e alghe, le onde schiaffeggiavano i frangiflutti di cemento, facendo impennare piccoli zampilli di schiuma. Stavolta il bar era meno deserto del solito. Uno dei tavoli era occupato da quattro giovanotti nerboruti che, volendo cedere allo stereotipo, avevano tutta l'aria di contrabbandieri in pausa caffè.

Mi sedetti, poggiai il computer sul tavolo ma nemmeno lo accesi. Rimasi a guardare il mare e gli schizzi e ad ascoltare, come una cacofonia armoniosa e ritmata, la conversazione dei contrabbandieri. No, non la conversazione, il suono delle loro voci. Cosimo lasciò passare una decina di minuti, prima di presentarsi con un calice di vino, panzerottini, piccole bruschette, mandorle abbrustolite.

– State aspettando la dottoressa Sara? – Stavo per dire no, sono venuto a scrivere, non lo vedi il computer. Invece dissi che sí, la stavo aspettando.

– Di solito non viene il giovedí.

– Quando ci siamo salutati, ieri, mi ha detto che sarebbe venuta.

– Ah, allora viene –. Indugiò qualche istante, un po' perplesso e poi aggiunse: – Vuol dire che viene apposta.

Non sapevo cosa rispondere. Ci guardammo negli occhi per qualche secondo e poi fu lui a parlare di nuovo.

– Non dà tanta confidenza, di solito, la dottoressa.

– Ah...

– Perché siete venuto qua?

– Che vuol dire?

– Mica siete un giornalista?

– No.

– Meglio, – concluse, e poi se ne andò.

Passò almeno mezz'ora, gli altri clienti – contrabbandieri inclusi – se ne andarono, rimasi solo mentre il bianco e nero del paesaggio diventava sempre piú bianco e nero, con tutti i grigi nel mezzo. Cominciai a sentirmi prima nervoso, poi ridicolo e infine triste e decisi di andarmene. Mi ero girato sulla sedia per chiamare il mio amico rasta e chiedergli il conto quando lei comparve sulla terrazza. Portava a tracolla un borsone da palestra e quando mi arrivò vicino sentii un profumo di shampoo e di doccia fatta da poco. Attraverso i jeans attillati si intuivano le gambe muscolose.

– Come sta? È qui da molto?

Non riuscii a trattenere un tono leggermente, assurdamente risentito: – In effetti sono qui da tre quarti d'ora. Stavo per andarmene.

– Non se ne vada. Sono venuta qui solo per chiacchierare con lei. Di solito il giovedí non vengo.

– Sí, me lo ha detto il rasta... volevo dire: Cosimo.

– Come lo ha chiamato? – chiese ridendo.

– Beh, con quelle treccine...

Lei sorrise per qualche secondo, guardando verso il banco. – Mi piace molto chiacchierare con lei, – disse poi senza preavviso.

Mi colse di sorpresa, non sapevo che dire. Ho problemi con i complimenti e cosí feci un sorriso che probabilmente sembrava una smorfia e dissi la prima cosa che mi venne in mente, per vincere l'imbarazzo.

– Chissà quanti anni ha, Cosimo.

– Cinquantotto il mese prossimo. Il ventuno, per la

precisione, – rispose con un tono stranamente neutro, sorprendendomi di nuovo. Avevo detto quella cosa tanto per dirla, per riempire un vuoto, non certo perché mi interessasse l'età di Cosimo. Adesso però avrei voluto chiederle come mai era cosí informata sul compleanno di quel cameriere bizzarro. Qual era la natura dei loro rapporti? Però non mi venne di fargliela, quella domanda. Pensai confusamente che non era il momento.

– Aveva detto che mi avrebbe spiegato la faccenda delle liste, – dissi allora, cercando di riprendere il controllo della conversazione. Cosimo arrivò con un bicchiere di vino per Sara.

– Le liste. Ha ragione –. Socchiuse gli occhi come sforzandosi di mettere in fila dei pensieri aggrovigliati.

– Avevo un amico... un professore di filosofia.

– Un professore universitario?

– No, di liceo. Ci siamo frequentati per qualche tempo. Peccato, non ero pronta per una storia... – Si interruppe e fece un gesto di stizza. – Perché continuo a dire bugie inutili?

– Quali bugie?

– Diciamo di non essere pronti per una storia, di non essere pronti a impegnarci quando uno non ci piace abbastanza o non ci piace affatto. È un modo per giustificarci, per non ammettere le nostre responsabilità, per non riconoscere di avere approfittato di una persona.

– Ha approfittato di questo suo amico?

– Non lo so.

Pareva volesse aggiungere qualcosa. Invece non disse niente, lasciò scorrere il pollice sul suo bicchiere, avanti e indietro, sopra e sotto, come per verificare che fosse davvero liscio, che non ci fossero delle inattese discontinuità, delle asperità impreviste. C'era qualcosa di disperato, qualcosa di quasi insopportabile in quel gesto ripetuto e insignificante. Quando smise, provai un sollievo assurdo.

– Dissi al mio amico – si chiama Massimo – che volevo scrivere i miei ricordi, in forma di racconto, come una specie di libro di memorie. Non perché avessi velleità di pubblicarlo. Volevo scrivere perché avevo la sensazione che tutto mi stesse sfuggendo di mano. Per mesi e mesi sono stata ossessionata dall'idea di poter dimenticare tutto. Massimo disse che secondo lui non era una buona idea.

– Perché?

– Diceva che le memorie, i diari sono faticosi da scrivere e penosi da rileggere. Uno comincia a scrivere pieno di entusiasmo e poi, tranne casi eccezionali, smette dopo qualche giorno o qualche settimana. E comunque quando rilegge quello che ha scritto, prova quasi sempre una sensazione di estraneità. E spesso anche di imbarazzo. Però – diceva – mettere per iscritto i propri ricordi è un'ottima idea. Un sacco di cose, se le perdi, semplicemente non le trovi piú.

– E dunque?

– E dunque disse che il modo migliore per raccogliere i ricordi, per non disperderli, sono le liste. Ogni lista deve avere un titolo – che ne so: *titoli delle canzoni che ballavamo alle feste di quinto ginnasio*; oppure *i dolciumi dell'infanzia*. Ogni voce della lista deve essere di pochissime parole. Se è una sola, è meglio.

– Doveva essere un appassionato di Perec, il suo amico.

– Perec, giusto. Lui lo citò, mi suggerí di leggere un suo libro – non mi ricordo il titolo, aveva a che fare con la memoria e le liste – ma non sono riuscita a trovarlo in nessuna libreria.

– *Je me souviens*.

– Scusi?

– È il titolo di quel libro di Perec. *Je me souviens – Mi ricordo*. L'ho letto a Parigi tantissimi anni fa. In effetti è introvabile, almeno la traduzione italiana. Legge il francese?

– No. Parlo inglese e me la cavo con lo spagnolo.

– *I dolciumi dell'infanzia* è interessante, – aggiunsi dopo una pausa.

– L'ho scritta proprio il giorno che ci siamo incontrati la prima volta. Ha voglia di sentirla?

Avevo voglia, e allora lei si chinò sul borsone, frugò per qualche secondo e poi ricomparve con il quaderno a spirale. – Allora, allora... eccola. Caramelle elah, caramelle rossana, rotolini di liquerizia (sfusi al chioschetto del giardino), polacche (alla pasticceria Nonna Rosa), brioche, wafer urrà saiwa, nutella, duplo, maritozzo (al panificio dello studente), piccoli pezzi di cotognata avvolti nel cellophane (sempre al chioschetto del giardino), brioss all'albicocca, biscotti togo.

Smise di leggere e mi guardò negli occhi.

– Forse il panbrioche a strati delle feste da bambini? Non so se alle sue feste o a quelle degli amici si usasse, – le dissi.

– Si usava, come no. Però non è un dolce. Se volessimo inserirlo dovremmo cambiare il titolo della lista.

– Ha ragione. È che il suo elenco mi ha fatto ricordare tante cose e fra queste c'era il panbrioche. Mi sono dimenticato il titolo della lista. Forse però si potrebbero aggiungere il mars e gli smarties?

– Il mars e gli smarties. Giusto –. Cosí dicendo scrisse qualcosa – mars e smarties, presumo – sul suo quaderno.

In quel momento balenò un raggio di sole. Era un varco piccolo fra la massa compatta di nuvole bianche, e sembrava che qualcuno ci avesse infilato un riflettore ad angolo basso, puntato sul mare e su un paio di barche di pescatori che oscillavano in lontananza.

– Come decide gli argomenti?

– Non saprei. All'inizio, quando ho cominciato, seguivo qualche criterio, tutto aveva a che fare perlopiú con il passato. Avevo titoli come: *sogni non realizzati*; *film visti durante l'ultimo anno di liceo*; *pezzi musicali che ascoltavo durante il periodo della scuola* – intendo la scuola di polizia. Poi ho cominciato a muovermi con piú libertà, mi lascio ispirare da quello che mi capita. Qualche giorno fa, per esempio, sono entrata nell'ascensore e ho sentito un odore – l'odore di una persona – piuttosto sgradevole. Insomma, era proprio una puzza, l'aria era quasi irrespirabile. Allora ho pensato di fare la lista degli odori che non mi piacciono e poi anche quella degli odori che mi piacciono. E ho capito un sacco di cose mentre le scrivevo, queste liste.

Il raggio di sole restava puntato sul mare, anche se le barche si allontanavano.

– Che ne è di Massimo?

– Non lo so.

– Perché viene a scriverle al bar, le sue liste?

– A casa non ci riesco. Nelle situazioni tranquille sento la solitudine e non riesco a concentrarmi. Solo qualche volta la sera, con il televisore acceso. Ho bisogno che ci sia qualcun altro, o almeno di sentire delle voci, e sono affezionata a questo posto.

– Lei è sicura che le liste siano piú efficaci del diario? Intendo come… diciamo come strumento terapeutico.

– È la domanda che feci a Massimo, quasi con le stesse parole.

– E lui cosa rispose?

– Mi sa dire i cinque film che le sono piaciuti di piú nel primo anno di università?

– Prego?

– Massimo mi fece questa domanda. Lei sa rispondere a questa domanda?

– No, come faccio a ricordarmi...

– E che effetto le fa, non ricordarsi?

Mi concentrai per qualche decina di secondi, poi scossi il capo, a disagio.

– Allora?

– Ho avuto un principio di panico.

– Ecco, appunto. Io vivevo nel panico. Diciamo: in un panico a bassa intensità, ma permanente.

– E adesso?

– Adesso è meglio, per molte ragioni. Anche le liste mi hanno aiutato.

Il raggio di sole era stato risucchiato dalle nuvole. Sara bevve un sorso di vino e chiamò il cameriere.

– Tu fumi ancora Cosimo, vero?

– Certo che fumo. Ho cominciato a dodici anni, smetto quando muoio.

– Ci offri due sigarette?

– Fumate di nuovo, dottoressa?

– Una ogni tanto.

– Però c'ho queste, non so se vi piacciono, – disse Cosimo mentre tirava fuori un pacchetto sgualcito di MS gialle. Sara disse che andavano bene, lui ce le offrí e noi le accendemmo e io mi chiesi da quanto tempo non fumavo una sigaretta perché all'inizio contavo i mesi e anche i giorni da quando avevo smesso, ma poi avevo dimenticato di contare.

La MS di Cosimo era aspra e forte e mi diede un po' alla testa. Sara fumava tenendo la sigaretta fra l'indice e il pollice; pensai che fumava in modo accurato, come non volesse disperdere una sola voluta del tabacco che andava in cenere. Fuori, sulla strada, un'auto passò con i finestrini aperti e lo stereo che sparava a tutto volume sonorità neomelodiche.

– Vuole fare un gioco? – mi chiese quando la musica si fu allontanata.

– Che gioco? – risposi, notando che a me rimaneva ancora mezza sigaretta mentre lei schiacciava la sua nel posacenere.

– Facciamo una lista insieme. Troviamo i film del suo primo anno di università.

Dissi che non ero capace.

– Dài, proviamo, – insisté lei, dandomi del tu come se quello fosse il momento esatto, preciso per farlo. – Di che anno parliamo?

– 1986-1987, – risposi dopo una breve esitazione.

– Avrai un qualunque ricordo che mette insieme il primo anno di università e un film?

Superando il senso di affanno che mi provocava quel compito riuscii a ricordarmi un film. Lo avevamo visto con due vecchi amici, un pomeriggio dopo un seminario all'università. Era uno di quei film che consideravo profetici, che – pensavo – parlavano a me fra tutti quelli che erano lí nella sala. La storia di un ragazzino bravo soprattutto a raccontare storie, che poi diventa scrittore.

– *Stand by Me*, – dissi con tono esitante. Ma poi mi tornarono in mente anche gli altri: *Absolute Beginners, Platoon, Hannah e le sue sorelle, La famiglia, Il raggio verde, Highlander, Il nome della rosa*. Per ognuno ricordai il periodo e il cinema in cui l'avevo visto. Per tre o quattro anche l'occasione e addirittura – mi parve – la compagnia.

Fu una sensazione stranissima, quando ebbi finito. Il panico era scomparso, sostituito da una quiete che non provavo da tempo. O che forse, in quella forma, semplicemente non conoscevo. Possibile che fosse cosí semplice?

Voglio dire: recuperare il controllo di un pezzo di passato che sembrava perduto nel gorgo della memoria? Con una semplice lista, un elenco. Tutto questo è assurdo, pensai senza convinzione.

– Non è stato difficile, vero?

– No, non è stato difficile, – risposi lentamente.

– Ne ho un'altra che mi piacerebbe leggerti.

– Dài.

– È la lista delle cose che mi piacevano di piú della mia vita alla squadra mobile. Il caffè al bar di fronte alla questura, la mattina, con i ragazzi della sezione, prima di cominciare a lavorare. Il caffè a un bar qualsiasi, la mattina presto, dopo una notte passata a lavorare. La riunione operativa, di notte, quando la mattina dopo c'era da eseguire una misura cautelare. Infilarsi nelle coperte, di mattina, dopo una notte passata a lavorare, addormentarsi subito, svegliarsi all'ora di pranzo. L'odore dei corridoi della questura. L'adrenalina – e anche la paura – subito prima di un intervento, e toccare il calcio della pistola sotto il giubbotto, e sapere che è lí. I caffè e le sigarette durante gli interrogatori notturni. Quando entravi in un locale frequentato dai pregiudicati e tutti capivano subito che eri la polizia.

– Ti mancano, tutte queste cose?

– Se mi mancano? Sí. E no. Non è semplice. E adesso devo andare dai miei vecchietti. Domani sera sei impegnato?

– Non sono impegnato da parecchio tempo.

– Ci rivediamo qui, allora?

– Sí.

– Va bene, domani è la mia serata libera.

Il giorno dopo arrivò la pioggia, con la determinazione di quei fenomeni atmosferici che non lasciano spazio a equivoci. Fine dell'estate, inizio dell'autunno. La mia auto avanzava fra gocce cosí fitte, grosse e violente che non riuscivo a distinguerle sul parabrezza. Per fare il breve tratto fra l'auto e l'ingresso del bar mi inzuppai i pantaloni fin sopra al ginocchio.

C'erano tavoli solo sotto la tettoia in muratura. Tutti gli altri erano stati messi uno sull'altro e la tenda era scossa da raffiche rabbiose. Sembrava che da un momento all'altro avrebbe ceduto. Non c'era nessun cliente e Cosimo sembrava fosse lí solo per aspettare Sara e me.

– Secondo me si può stare fuori, qui l'acqua non arriva. Ma se volete potete stare anche dentro, vicino al banco. Sposto un tavolo e due sedie.

– Per me va bene fuori.

– La volete una sigaretta?

– Dopo magari, grazie, – dissi pensando con un po' di vergogna al giramento di testa del giorno prima.

– Allora vi porto il vino e qualcosa da mangiare. La dottoressa arriva fra poco, di sicuro.

Non andò via, però. Rimase lí davanti, a guardarmi.

– Trattatela bene.

– Prego?

– Alla dottoressa Sara.

Ancora una volta non sapevo che dire. Lui lasciò passare qualche secondo.

– Mi arrestò. Giustamente, perché allora spacciavo. Fu l'unica volta che nessuno mi diede mazzate.

Non so se stava per aggiungere altro o aveva finito, ma in quel momento apparve Sara. Anche lei era passata attraverso la pioggia ed era tutta bagnata.

– Secondo voi piove? – disse sorridendo. Cosimo fece un cenno del capo e si allontanò, con movenze felpate che mi parvero quelle di un maggiordomo inglese. E difficilmente una similitudine potrebbe essere piú azzardata.

Ritornò qualche minuto dopo e depositò il solito vassoio carico di vino e cibo.

– Allora, vuoi sentire la mia storia? – mi chiese Sara quando fummo di nuovo soli.

– Sí.

– Ho diretto l'antiscippo per quasi due anni, prima che mi trasferissero alla narcotici che è un posto in cui non si rischia di rimanere disoccupati. Puoi arrestare tutti i trafficanti che vuoi, puoi sequestrare tonnellate di droga, ci saranno sempre nuovi spacciatori e tanta altra droga in circolazione. Il lavoro non manca mai e se ci sai fare la narcotici è un perfetto trampolino di lancio per una grande carriera in polizia.

Stavo per dire qualcosa ma lei non me ne diede il tempo. Ripeté le sue ultime parole. Le stesse, ma con una intonazione diversa, ironica e amara. *Una grande carriera in polizia.*

– Un vecchio ispettore una volta mi disse che ero la persona piú adatta a quel lavoro che lui avesse mai conosciuto. Mi disse che non avrebbe mai pensato di poter dire a una donna una cosa del genere, ma che per lui non c'erano dubbi.

– Perché? Cosa avevi in piú rispetto agli altri?

– Disse che avevo tutte le qualità di uno sbirro maschio, e in piú ero femmina. Ed essere femmina mi faceva arrivare dove un maschio non sarebbe mai potuto arrivare.

– Sei mai stata sposata?

– No. Quando successe il fatto stavo con un ragazzo da un paio d'anni. Marcello. Ogni volta faccio un piccolo sforzo per ricordarmi il suo nome. Non era molto diverso da tutti quelli con cui ero stata prima.

– Cioè?

– Belli e un po' scemi –. Si interruppe: – No, cosí non è esatto. Belli e mai troppo intelligenti. Marcello non era scemo. Era un bel ragazzo, ed era anche un bravo ragazzo, faceva l'avvocato, era molto sportivo, mi voleva sposare, diceva che i nostri figli sarebbero stati bellissimi e cose del genere. Una volta, una sola volta, i primi tempi che ci frequentavamo, feci l'errore di regalargli un libro. Mi ringraziò con un sorriso molto cortese – era sempre molto cortese – poi poggiò il libro su una mensola dicendomi che lo avrebbe letto presto. Il libro rimase lí, come una reliquia e credo che se entrassimo in quella casa, adesso, lo ritroveremmo nello stesso posto. Adesso lo so che Marcello potevo sopportarlo solo perché ci vedevamo pochissimo per via del mio lavoro.

– Insomma, non era esattamente una storia d'amore.

– No, non lo era. So che è orribile da dire, ma lui mi serviva a riempire il tempo libero e ad attutire la noia. Era come un vino bianco leggero, tipo questo che stiamo bevendo. Sa di poco ma bevuto freddo è piacevole. Anche se devi fare attenzione a *quanto* ne bevi, perché può dare dei gran mal di testa.

Mi parve d'un tratto che mancasse qualcosa. Ebbi la sensazione di un'assenza e mi ci vollero diversi secondi per rendermi conto che si trattava della pioggia. Nel senso che aveva smesso di piovere ed era cessato il rumore quasi assordante delle raffiche sulla copertura.

– Come ti dicevo, alla narcotici il lavoro non manca mai. Facemmo tantissime operazioni, arrestavamo un sacco di gente e la procura si fidava di noi. Arrestavamo bande di albanesi, di serbi, di turchi, di calabresi, ovviamente di pugliesi.

– Non ho idea di come si possa svolgere un'indagine di questo genere. Come si fa a sapere che esiste una banda che traffica in droga, come si indaga, che si fa?

– Quasi tutte le indagini, in materia di droga ma non solo, nascono dai confidenti.

– Ma qual è la differenza fra un confidente e un testimone? Se c'è.

– C'è eccome. Il confidente è qualcuno – di solito un criminale – che fornisce informazioni alla polizia senza però verbalizzarle, senza figurare. Rimanendo anonimo.

– Ed è legale? Come si fa a difendersi dalle dichiarazioni di un anonimo?

– Nessuno può essere accusato o tantomeno condannato in base alle dichiarazioni di confidenti. Senza la garanzia dell'anonimato nessun criminale passerebbe informazioni alla polizia, o ai carabinieri, o alla finanza. Queste informazioni però servono solo ad avviare un'indagine o a orientarla nella direzione giusta. Servono a intervenire con prontezza quando sta per succedere qualcosa – una rapina, un attentato, un trasporto o una consegna di droga – ma poi le prove utilizzabili devono essere trovate in altro modo, con intercettazioni, perquisizioni, testimonianze, pedinamenti e tutto il resto. Dal punto di vista processuale anonimi e confidenti non valgono niente, ma dal punto di vista investigativo sono fondamentali.

– E perché dei criminali si confidano con dei poliziotti?

– Per tante ragioni. Perché vogliono danneggiare o eliminare un avversario in qualche business illegale; perché vogliono assicurarsi un atteggiamento morbido dello sbirro rispetto alle loro attività; a volte per amicizia; spesso solo per il piacere di accusare qualcuno – infamità, si chiama in gergo.

Cosimo il rasta arrivò con un piatto di bruschette e panzerottini. Ci chiese se volessimo altro vino. Ci chiese se volessimo una sigaretta e Sara rispose che, grazie, ma questa volta le aveva portate lei. Cosimo allora si dileguò e lei tirò fuori un pacchetto di Marlboro.

– Ho pensato che poteva venirci voglia di fumarne piú

di una e che sarebbe stato scortese far fuori tutto il pacchetto di Cosimo –. Poi dopo una pausa: – Cosimo è stato un mio confidente, nell'altra vita.

Si accese una sigaretta e ne fumò almeno metà, senza dire niente.

– Non so davvero perché ho deciso di parlare con te.

Non c'era nulla da dire, e io mi limitai a stringermi nelle spalle. Lei annuí e schiacciò la sigaretta nel posacenere. Il pacchetto era rimasto sul tavolo e lei lo spinse verso di me. Io feci di no con la testa.

– Non vuoi fumare, – disse per prendere tempo.

– Dopo. Una sola, altrimenti ricomincio.

– Saper trattare con i confidenti è forse la parte piú importante del mestiere di sbirro. E forse è anche la piú difficile.

– Perché?

– Perché devi essere capace di tenerti in equilibrio su una linea sottile, al confine fra quello che è giusto e quello che è sbagliato. Devi stare attento a non fare promesse illegali, o che comunque non puoi mantenere. Cioè, in pratica, a non fare quasi nessuna promessa. Devi essere capace di distinguere fra le informazioni buone e le fesserie; fra quello che il confidente sa per conoscenza diretta e quello che ha sentito dire e che magari qualcuno gli ha raccontato perché sa che parla con te e vuole darti informazioni sballate. Devi sapere che alcune categorie di soggetti sono piú pericolose di altre, piú a rischio di fornire informazioni inventate, del tutto o almeno in parte.

– Per esempio?

– Per esempio i tossici da eroina. In astinenza sono capaci di raccontarti di aver visto il papa fare una rapina e di sapere dove si è rifugiato e chi sono i suoi complici.

– Quando hai conosciuto Cosimo?

– Quasi subito dopo il mio arrivo alla narcotici. Lo arrestammo con qualche grammo di cocaina. Quando uscí, pochi mesi dopo, passò a trovarmi in ufficio. Disse che era venuto a ringraziarmi per come l'avevo trattato. C'era qualcuno dei miei che stava per mettergli le mani addosso e io lo avevo impedito. Disse che dovevo considerarlo a disposizione –. Abbassò un po' la voce, quasi come un riflesso condizionato. – È sempre stato una persona seria, non ho mai avuto informazioni fasulle da lui e non ha mai chiesto niente in cambio, a parte che lasciassimo in pace il figlio che gestiva una sala giochi.

– Ma adesso lui...

– Se è ancora in mezzo a quei giri? Non lo so. Credo di no, ma francamente non mi interessa molto.

Accese un'altra sigaretta e la fumò mentre i lineamenti le si indurivano, le rughe prendevano una consistenza diversa e violenta. Riprese a parlare senza guardarmi e senza muovere la testa.

– Una regola fondamentale è tenere i confidenti a distanza. Devi stabilire un rapporto, altrimenti non ne tiri fuori niente, ma deve sempre rimanere chiaro che tu sei uno sbirro e loro sono... insomma sono altro.

Non aveva ripreso a piovere. Il cielo sul mare, oltre i frangiflutti, si apriva qualche varco fra le nuvole. Stava facendosi bello e buio allo stesso tempo. Cosimo riapparve ma non per venire da noi. Raggiunse il confine fra la terrazza e i frangiflutti e si accese anche lui una sigaretta. Mi diede la surreale impressione che si fosse piazzato lí per fare la sentinella.

– Quando cominciai a fare atletica – avevo quattordici anni – c'era una ragazza piú grande. Aveva sedici, forse diciassette anni. Faceva anche lei i cento e duecento metri, e anche il salto in lungo. Non era particolarmente brava, però era bellissima. Sembrava quell'attrice francese, Carole Bouquet. Se incrociavo il suo sguardo diventavo rossa. Le rarissime volte che mi rivolgeva la parola diventavo peggio che rossa, rispondevo balbettando e morivo di vergogna all'idea che le altre ragazze o l'allenatore se ne accorgessero.

Che c'entrava quella storia? Perché mi metteva impercettibilmente a disagio? Stavo cercando di capirlo quando lei si interruppe bruscamente, socchiuse gli occhi, si toccò la fronte con una mano, serrò le labbra. Sembrava si sforzasse di ricordare qualcosa.

– Non mi ricordo come si chiamava. È assurdo ma non me lo ricordo. A ogni modo: dopo un anno lei smise di venire ad allenarsi – non era una grande atleta, ripeto – e io smisi di diventare rossa incrociando il suo sguardo. Fine di questo strano turbamento adolescenziale. Una scossa di assestamento dell'identità sessuale, avrebbe detto il mio amico Massimo. È una cosa cui non ho pensato per tanto tempo. Me ne ero dimenticata e forse non me la sarei ricordata piú.

«Ebbi il mio primo ragazzo verso i sedici anni e da allora non sono stata praticamente mai, a parte periodi brevissimi, senza un fidanzato o qualcosa di simile. Forse di un paio mi sono innamorata o forse ho creduto di innamorarmi. O forse infatuazione è una parola piú esatta. Insomma mai una passione travolgente e mai nessuno che uscisse da quello schema.

«Procedendo in questo modo ero arrivata a fidanzarmi con Marcello, l'avvocato. E fu mentre ero fidanzata con lui che conobbi Roberta.

– Roberta, – le feci eco, per fare una domanda ma senza farla. Lei però nemmeno se ne accorse.

– Uno dei miei ispettori aveva avuto una confidenza,

sul fatto che questa ragazza spacciava. L'avevano controllata, avevano perquisito la sua macchina e le avevano trovato un paio di grammi di cocaina. È un quantitativo per cui non è automatico procedere all'arresto. Uno potrebbe avercela per uso personale – era quello che diceva lei – e in ogni caso dipende molto dal magistrato di turno. Insomma, dovevamo decidere cosa fare e io dissi ai miei di portarla nel mio ufficio. È in situazioni come questa che spesso ci si procurano i confidenti. Hai qualcuno con una posizione in bilico e gli fai capire che tu potresti anche essere indulgente ma lui, o lei, dovrà ricambiare, in qualche modo.

– E volevi farle un discorso del genere?

– Prima di tutto volevo vedere che tipo era. Hai bisogno di guardarli in faccia per capire se ha senso, fare un discorso del genere. Ma in realtà la feci portare nella mia stanza perché ero incuriosita – di regola con i piccoli spacciatori ci parlavano i miei ispettori.

– Incuriosita perché?

– Perché i ragazzi che l'avevano presa dicevano che era molto bella.

– Ed era vero?

– Era la creatura piú bella che avessi mai visto.

Indugiò qualche istante, come se la frase non l'avesse soddisfatta; come se anche quell'enfasi fosse insufficiente a dire quello che voleva, davvero. Parve sul punto di aggiungere qualcosa, per precisare o arricchire il concetto. Alla fine però si limitò a proseguire il suo racconto.

– Cercai di darmi un tono molto professionale. Le dissi che era in un pasticcio e che di regola avremmo dovuto arrestarla. Le dissi che avrei voluto darle una mano ma per farlo avevo bisogno che anche lei aiutasse me. Le parlavo senza riuscire a guardarla negli occhi. Mi sentivo allo stesso modo di tanti anni prima, negli spogliatoi del campo di atletica, con quella ragazza.

– Lei che disse?

– Si mise a piangere, mi scongiurava di aiutarla. Eravamo sedute una dinanzi all'altra, vicino alla mia scrivania, e ricordo il preciso istante in cui mi prese le mani. Quel contatto mi diede come una scossa elettrica, e l'impulso quasi irresistibile di baciarla. Non so come feci a trattenermi.

Con l'effetto di una porta che si spalanca all'improvviso per un colpo di vento, mi tornò in mente la sua espressione stupefatta e smarrita, alla fine del nostro primo incontro. È una coincidenza pazzesca, mi dissi mentre le nostre parole – quelle che mi pareva di ricordare – risuonavano nella mia testa come una registrazione di cattiva qualità, piena di fruscii e interferenze.

Di che parla il suo romanzo? C'è una donna dalla vita normale, del tutto eterosessuale, che un bel giorno si innamora di una ragazza. Questa è l'idea ma uno non lo sa davvero di cosa parla il suo romanzo, fino a quando non lo ha scritto.

È una coincidenza pazzesca, ripetei, scandendo quelle parole ad alta voce nella mia testa. Avrei voluto dire qualcosa ma davvero non c'era nulla da dire che non fosse stupido e banale. E inutile.

Sara si schiarí la voce, bevve un sorso di vino, prese una sigaretta ma non l'accese. In lontananza si sentí una sirena e io mi chiesi se fosse la polizia o un'ambulanza. Non sono mai stato capace di distinguerle, anche se una volta mi hanno spiegato che è una questione di durata dei toni che compongono il suono della sirena. Stavo quasi per chiederlo a Sara, non perché la cosa mi interessasse, ma perché il silenzio mi pesava.

Quando lei ricominciò a raccontare il tono della sua voce era cambiato, era neutro, quasi laconico. Il racconto prese a fluire con una regolarità inquietante, come fosse stato la lettura di un rapporto di polizia.

Disse alla ragazza che l'avrebbe lasciata andare – l'avrebbe denunciata a piede libero, questo non poteva evitarlo, ma nell'informativa avrebbe fatto presente che quella cocaina era forse per uso personale. Al momento di salutarla le diede il suo numero di cellulare e le disse di richiamarla se avesse avuto qualche informazione interessante su quelli da cui comprava la roba.

Qualche giorno dopo Roberta le mandò un messaggio, chiedendole se potevano incontrarsi, senza spiegare il motivo. Sara, mentendo a sé stessa, dicendosi che era lavoro, che Roberta sicuramente aveva informazioni da passarle, le diede un appuntamento.

Non ci furono informazioni – nulla di significativo almeno – ma cominciò una storia d'amore che sarebbe durata piú di un anno. Sara e Roberta presero l'abitudine di vedersi quasi tutti i giorni. Spesso Roberta aveva la cocaina a casa, e spesso era *molta* cocaina. Sara smise ben presto di chiederle – e di chiedersi – come se la procurasse e se davvero fosse tutta e soltanto per uso personale. Anzi, dopo qualche resistenza si lasciò convincere a provarla. E poi a provarla di nuovo e poi ancora fino a quando, per farla breve, la situazione le sfuggí del tutto di mano.

– Ero pazza di lei. In realtà ero pazza e basta. Era piú che un semplice innamoramento. Ero ossessionata, pensavo a lei tutto il giorno, facevo tutto pensando al momento in cui ci saremmo viste, saremmo andate a cena insieme, saremmo tornate a casa sua a fare l'amore. Una volta ero di turno, mi chiamarono di notte, avevo... consumato, insomma avevo preso della cocaina insieme a Roberta e quando arrivai in questura ero ancora, in pieno, sotto l'effetto di quella roba.

– Non pensavi... non temevi che qualcuno potesse...

– Ero il capo della narcotici. Facevo parte dei buoni. Se qualcuno mi avesse chiesto come mai frequentavo una persona che era stata denunciata, proprio dalla mia sezione, per detenzione di stupefacenti, ero pronta a dire che si trattava di una mia informatrice. Incontrarla, anche spesso, mi serviva per il mio lavoro. E siccome quello con gli informatori è un rapporto confidenziale (nessuno può obbligarti a riferire quello che ti dicono), mi sentivo in una botte di ferro. In realtà ero come i bambini piccoli, quelli che si coprono gli occhi pensando che in questo modo nessuno riuscirà a vederli.

Fece un lungo respiro. Si guardò attorno come fosse appena arrivata per la prima volta in quel posto. Si passò le mani sul viso e poi fra i capelli. Respirò di nuovo, profondamente.

– C'è un aforisma che mi piace molto. Fa cosí: non correre piú veloce di quanto il tuo angelo custode non sia capace di volare.

– Bello.

– Ecco, io ero una bambina che correva coprendosi gli occhi e andava troppo veloce perché il suo angelo custode riuscisse a starle dietro.

Finalmente si accese la sigaretta che aveva tenuto in mano fino a quel momento, fece un paio di tiri e poi la schiacciò quasi intera nel posacenere.

– Prima di questa storia non avevi mai avuto rapporti...

– Rapporti con donne? No, mai. Sempre solo con uomini, sempre senza troppo entusiasmo, e attribuivo la cosa al fatto di non aver mai incontrato quello giusto. Il che magari era anche vero, in un certo senso. Certo è che quando incontrai Roberta e per tutto il tempo che lei e io... insomma per tutto quel tempo mi è parso che ogni cosa fosse andata al suo posto naturale. Non sono mai stata cosí felice nella mia vita. Ero ubriaca di felicità.

Rimanemmo in silenzio. Era buio e l'aria era diventata piú fresca e dava qualche brivido. Tra le nuvole ancora gonfie di pioggia si poteva intuire l'autunno che si stropicciava le mani ossute, chiamava a raccolta l'aria fredda, le giornate grigie, la malinconia dei rimpianti, e si preparava al suo turno. Cosimo era da qualche parte, invisibile.

Forse dovremmo andare a sederci all'interno, pensai. Forse dovresti dirmi come va a finire, pensai ancora. Doveva dirmelo, certo, ma in realtà già lo sapevo, e non avrei voluto sentirlo.

– Quando suonarono il campanello guardai il cellulare e vidi che erano le quattro. Del mattino. Roberta non si svegliava e dovetti scuoterla perché andasse ad aprire, visto che eravamo a casa sua e io non avrei dovuto essere lí. Una precauzione patetica. Il campanello suonò di nuovo, a lungo, e poi qualcuno bussò con violenza alla porta. In quel momento fu tutto chiaro, un secondo prima che una voce stranamente stridula gridasse: *Carabinieri, aprite!*

«Roberta aveva la cocaina in casa. Non era nascosta e soprattutto non era poca. E infatti la trovarono subito. Cinquantotto grammi erano, sufficienti per ricavarne almeno centocinquanta, duecento ottime dosi.

Sara accese un'altra sigaretta e adesso ne presi una anch'io. Fumammo in silenzio e questa volta non mi girò la testa.

– L'ordinanza di custodia cautelare riguardava una ventina di indagati, fra cui appunto noi due. Quasi tutti incensurati e cosiddetti insospettabili, a parte un paio di spacciatori professionisti, che poi erano quelli da cui si riforniva Roberta.

– Perché arrestavano anche te?

– Un poliziotto che venga a conoscenza di un reato, possa impedirlo e non lo faccia, risponde di quel reato come se lo avesse commesso. Articolo 40 del codice penale. Sai una cosa bizzarra? Fu una delle domande che mi fecero agli orali del concorso, l'articolo 40 del codice penale, l'obbligo di impedire l'evento –. Ridacchiò meccanicamente, come un pupazzo a molla.

– Com'è possibile che non avessi saputo nulla di questa indagine?

– Era un'indagine dei carabinieri, la concorrenza. Del tutto normale che non ne sapessi niente. Meno normale che non mi fosse mai passata per la testa una possibilità del genere.

– Non potevi dire che non sapevi della droga? In fondo era casa di Roberta, tu potevi essere all'oscuro.

– Diedi un'occhiata all'ordinanza di custodia cautelare. C'era una marea di intercettazioni, telefoniche e ambientali. Roberta, in macchina con un amico cui ogni tanto passava un po' di roba, si era vantata del fatto che non poteva succederle nulla perché... insomma, perché mi conosceva. E poi avevano piazzato microspie anche a casa sua e, come dire, le nostre conversazioni intercettate non si prestavano a equivoci. In tutti i sensi. Nemmeno ci ho provato, a dire che non ne sapevo niente di quella droga.

– Hai detto che Roberta passava un po' di roba a questo amico. Vuol dire che... insomma che...

– Che spacciava, sí. Aveva ottimi rapporti con grossi spacciatori, ogni volta che andava da loro ne comprava piú di quanta gliene servisse e poi la cedeva a qualche amico, a qualcuno di cui si fidava. Si sentiva tranquilla. Infatti fu proprio qualcuno di cui si fidava che raccontò tutto ai carabinieri. A proposito di confidenti.

La guardai senza trovare le parole per fare la domanda, ma intuirla non era difficile.

– Non lo sapevo, ma, certo, avrei dovuto capirlo. Se non fossi stata cieca ci avrei messo due giorni a rendermene conto. Forse è piú esatto dire che lo sapevo ma facevo finta di ignorarlo? Non lo so, non ha troppa importanza, alla fine.

Era una questione cui doveva aver pensato molte volte e che adesso era definitivamente archiviata.

– Di quello che è successo dopo mi ricordo solo i frammenti piú umilianti. O quelli angosciosi. Mi ricordo quando mi fecero entrare in macchina spingendomi la testa verso il basso, con un gesto che avevo visto fare mille volte dai miei uomini, e che qualche volta avevo fatto anch'io. Mi ricordo quando mi fecero le fotografie e mi presero le impronte digitali, schiacciandomi le dita sul tampone di inchiostro e poi sulla scheda. Mi ricordo la perquisizione personale all'ingresso in carcere. Mi ricordo quando mi interrogò il pubblico ministero, un magistrato con cui avevo lavorato tante volte, uno che si fidava di me al punto da lasciarmi la chiave del suo ufficio. Il mio avvocato mi aveva detto che era meglio avvalermi della facoltà di non rispondere, in attesa di capire bene quali fossero gli elementi a mio carico. Cosí quando il magistrato mi chiese se intendessi rispondere io dissi di no. Lui mi guardò e sembrava dispiaciuto, terribilmente dispiaciuto per tutto. E in quel momento pensai, senza che ci fosse una ragione precisa, diretta, che assieme a tutto il resto era finita la mia storia con Roberta. Siccome sapevo che stavo per mettermi a piangere, e non volevo farlo davanti a loro – magistrato, segretario, carabinieri, avvocato, tutti – chiesi che mi portassero via. Lo chiesi in malo modo e sembrò un gesto di arroganza, e forse in un certo senso lo era. Mi portarono via e io piansi in cella e tutto, dopo, è inghiottito in un ammasso di fatti di cui non riesco a ricordare l'ordine, la sequenza cronologica. La vita in carcere, le traduzioni al tribunale per l'udienza preliminare, il patteggiamento, gli arresti domiciliari, la faccia impaurita di mio padre (quelli che hanno piú paura della legge sono i giudici e i poliziotti), la prima volta che venne al colloquio e poi anche dopo, sempre impaurita, sempre di piú quella di un vecchio indifeso che cercava di farsi forza, ma non ci riusciva. Si mise in pensione, non sopportava di andare in udienza e trovarsi con i suoi colleghi a fare i processi, a presiedere una sezione penale della corte di appello e condannare o assolvere e fare il giudice, insomma, mentre sua figlia – la sua unica figlia, la speranza e l'orgoglio e la ragione della sua vita – era in carcere. Ha aspettato, per morire, che tutto fosse finito. Che uscissi dal carcere, che uscissi anche dagli arresti domiciliari. Aspettò che la condanna diventasse definitiva e che il mio avvocato ottenesse l'affidamento in prova al servizio sociale: significava che non sarei tornata in carcere. Soltanto allora si diede il permesso di morire.

Fumammo ancora e bevemmo dell'altro vino e a quel punto sembrava giusto esagerare un po' nell'una e nell'altra cosa, mentre il buio avanzava e nel bar entravano di tanto in tanto dei clienti che consumavano al bancone e andavano via, senza sedersi, lasciandoci soli in quell'aria sospesa sorvegliata da Cosimo il rasta.

– E adesso com'è?

– La mia vita? Non male, tutto sommato. Faccio diversi lavori, come ti ho detto. A volte ho anche qualche incarico da un'agenzia di investigazioni private. Perlopiú sorveglianza antidroga su minori.

– Che vuol dire?

– Se dei genitori temono che il figlio o la figlia si stia

invischiando in faccende di droga, e se possono permettersi di pagare, si rivolgono a un'agenzia di investigazioni private e chiedono di sorvegliare il ragazzo. Pedinamenti, controlli sulle persone che incontra, sui locali che frequenta eccetera. Non mi dispiace, lo so fare, mi sembra che sia utile. Vivo in un bivani, trecento euro di affitto, in un palazzo in cui per le scale si sente sempre odore di rape stufate, ma nel complesso, come ti dicevo, tutto sommato non è male.

– Che ne è stato di Roberta?

– Non ci crederesti. Quando è uscita ha conosciuto uno, si sono sposati, adesso hanno una bambina. Una volta – una volta sola – non sono riuscita a trattenermi e mi sono appostata nei paraggi dell'asilo della bambina. Quando stavamo insieme dicevamo un sacco di cazzate. Tra le altre: che avremmo adottato una bambina, andando a vivere in un paese dove due donne o due uomini possono farlo. L'ho vista ma ero lontana e non sono riuscita a capire quanto fosse cambiata, se era cambiata. Una bambina le è andata incontro, lei l'ha presa per mano – ho notato che non le ha dato un bacio – e se ne sono andate. Dopo, quando non c'erano piú, ho avuto l'impressione di essermi sognata tutta la scena, che non fosse davvero accaduta. Che *niente* sia davvero accaduto. È una cosa che riesci a capire?

– Sí.

– Da allora, di tanto in tanto, mi capita di provare la stessa sensazione. Senza motivo apparente e senza preavviso. Mi sembra di diventare pazza in quei momenti. Non è un modo di dire: mi sembra proprio di perdere il contatto con tutto, di trovarmi su una strada da cui non si ritorna.

– Poi però passa, – dissi, cercando il tono giusto.

Mi guardò senza dire niente. Sul viso le si era disegnata un'espressione spaurita e inattesa. Non so mai come comportarmi ma in quel momento prenderle una mano mi venne naturale.

– Passa tutto, – soggiunsi.

La mia voce svaní lentamente nell'aria mentre Sara mi stringeva la mano, forte, come temendo che potessi andare via.

Città

Questo racconto è ispirato a un fatto realmente accaduto su un aereo, da qualche parte nel mondo, nella primavera del 1996.

– Mi scusi, posso farle una domanda?

Quasi sobbalzai. Aveva parlato senza girarsi – solo un movimento appena accennato del capo – e senza preavviso. L'accento era impercettibilmente straniero. E lei era bella, con gli zigomi alti, un naso largo che le dava anche un'aria decisa e simpatica, i capelli lunghi e scuri.

– Prego.

Prego. Una vita che giuravo a me stesso che non avrei mai piú usato quell'espressione, assieme a *salve*, *buondí* e altre schifezze del genere.

– Vorrei sapere il nome del suo profumo.

– Il mio profumo?

Sorrise appena. La testa si girò ancora un po' verso di me. In un modo strano, forse.

– Sí, è molto buono. È aspro, ma c'è una punta dolce. Fiori, e qualche altra cosa che non riesco a riconoscere. L'ho già sentita però. Molto tempo fa.

Avevo provato un profumo in uno dei negozi dell'aeroporto. Stavo per comprarlo quando avevo sentito chiamare il mio nome, all'imbarco. Mi ero distratto ed ero in ritardo, come sempre. Cosí ero corso via, abbandonando il flacone sullo scaffale. Non ricordavo né il nome né la marca. O forse nemmeno li avevo letti. Glielo dissi.

Lei sorrise di nuovo, con quell'aria un po' decisa, un po' assente. Lontana.

In quel momento mi resi conto che era cieca.

Volavamo verso Madrid. Di lí sarei ripartito per il Cile. Lei invece si fermava, tornava a casa.

– Vorrei evitarle imbarazzi. Io sono cieca.

Non dissi niente. Non sapevo che dire. Cosa si dice in queste situazioni?

– Allora se n'era già accorto?

Borbottai qualcosa di impacciato. Lei sorrise ancora.

– Cosí a Madrid prende un aereo per il Cile.

– Sí, ci vado per lavoro.

– Che lavoro?

– Faccio il fotografo.

– Oh...

Rimase in silenzio per molti secondi.

– Non va bene, il fotografo? – Cosí, per darmi un tono disinvolto e spiritoso. Non ero proprio a mio agio in quel momento. In mezzo ai territori del desiderio e del rimpianto. Mi apparvero scritte in mente proprio quelle precise parole: *mixing memory and desire.*

– Mio padre era un fotografo.

– Ah.

Il suo papà, quando era poco piú che un ragazzo, aveva conosciuto Robert Capa – il mio idolo – e aveva lavorato per la sua agenzia, la leggendaria Magnum.

Come Capa, era morto facendo fotografie di una guerra lontana.

Lei era cieca dalla nascita. Non aveva mai potuto vedere le fotografie fatte dal padre, come tutto il resto. Quando tornava dai suoi viaggi, lui le raccontava delle cose che aveva visto e fotografato. Ma a lei non bastava sentire i racconti.

– Allora a papà venne un'idea. Cominciò a regalarmi i plastici delle città dove era stato. Non di tutte, ovviamente. Quelle che amava di piú. Cosí potevo toccarle, e conoscere quei posti. Le punte aguzze di New York e in mezzo, morbido, Central Park. I colli di Roma. Il Partenone. Mi fece fare anche un plastico di Venezia, con i canali, e l'acqua. Mi piaceva moltissimo andare a Venezia, e bagnarmi le dita nei canali.

Le guardai le mani. Le teneva sulle gambe, sulla stoffa concreta dei jeans. Erano grandi e davano un'impressione di forza. Ebbi l'impulso di toccarle e dovetti trattenermi.

– Sa, anche i ciechi dalla nascita riescono a vedere le cose nella loro mente. E i colori. Ah, non lo so se sono uguali ai vostri. Ma sono colori, macchie luminose, e forme che appaiono quando sento un odore, o una musica. Soprattutto quando tocco una cosa... o una persona.

Mi venne in mente un racconto di Carver. Quello del cieco, che a casa aveva due televisori. Uno a colori e l'altro in bianco e nero. Lui accendeva sempre quello a colori.

– Lei sa ascoltare. Non capita spesso di incontrare persone capaci di ascoltare.

E poi, dopo una pausa: – Crede che la racconti a tutti, questa storia?

– No –. Fui stupito dalla decisione con cui risposi.

– È cosí. Non la racconto mai. Perché l'ho raccontata a lei? Io non lo so.

– Non lo so neanch'io. Però mi piacerà pensare che c'era un buon motivo, anche se noi non lo conosciamo.

A volte capita di dare la risposta giusta, e di saperlo in quel preciso momento. Raramente, ma capita. Lo sapevamo tutti e due.

Cosí rimanemmo in silenzio. A lungo, fino a quando l'aereo non cominciò la sua discesa.

Fino a quando dal finestrino non cominciai a vedere le case di Madrid.

Chissà com'era sotto le dita, Madrid. Chissà com'erano tutte quelle altre città, tutto il mondo visto attraverso la punta delle dita. Sentii una fitta incomprensibile di rimpianto. Per le vite non vissute, per le vite degli altri che intravediamo da una finestra illuminata, quelle che ci passano accanto, un attimo, e poi scompaiono.

– Posso toccarti il viso?

Mi scossi. Cercai qualcosa da dire. Per non dire solo sí.

– Voglio ricordarmi di te. Ho questo profumo, che non è il tuo, ma per me sarà sempre il tuo. Quando lo sentirò di nuovo, penserò a te. Vorrei anche il tuo viso, nelle mie dita.

– Sí.

L'aereo scendeva. Adesso lei era proprio girata verso di me, e sembrava mi guardasse, attraverso quelle lenti scure. Mise le sue dita sulla mia faccia. Erano asciutte, fresche e profumate. Mi percorse le sopracciglia, il naso, la bocca. Gli occhi che avevo chiuso senza accorgermene.

Avevo i brividi quando anch'io le toccai il viso, mentre l'aereo toccava la terra.

Mona Lisa

Il 13 novembre 1999, la piccola Maria Mirabela Rafailà detta Mona Lisa si trova a un incrocio nell'estrema periferia di Bitonto. A quell'incrocio, tutti i giorni, da alcune settimane, chiede l'elemosina agli automobilisti di passaggio, insieme con le sue sorelle piú grandi.

Maria Mirabela è piuttosto nota nella comunità nomade di origine rumena che vive nel campo di Bitonto. Ha sette anni, è molto graziosa, molto vispa e soprattutto molto brava nell'accattonaggio. Si dice che in una giornata di «lavoro» sia capace di raccogliere anche cinquanta, sessantamila lire.

Poco dopo mezzogiorno le due sorelle maggiori si allontanano di qualche decina di metri per andare a fare la pipí. Al loro ritorno, due o tre minuti dopo, Mona Lisa è scomparsa.

Per due giorni polizia e carabinieri battono la zona con i cani e con gli elicotteri ed è proprio il comportamento dei cani che offre il primo spunto investigativo. I pastori tedeschi dei carabinieri riconoscono l'odore della bambina solo nelle immediate vicinanze dell'incrocio, e ciò significa che, da quell'incrocio, Maria Mirabela non si è allontanata a piedi.

L'ipotesi che viene subito formulata dagli inquirenti è quella del sequestro ad opera di un pedofilo, ed è nelle abitazioni di alcuni soggetti sospettati di pedofilia che vengono effettuate, senza nessun risultato, le prime perquisizioni.

A tre giorni dalla scomparsa della bambina gli investigatori cominciano a notare una serie di stranezze nel comportamento dei genitori che, stando a quanto riferiscono a mezza bocca alcuni testimoni, non sembrano affatto addolorati o preoccupati. Nel quadro delle opzioni di indagine si fa strada l'ipotesi di una cessione della bambina, da parte del padre, a un'altra tribú nomade.

Partono dunque le intercettazioni sui telefoni cellulari del padre di Maria Mirabela e di un sedicente zio della bambina, rivelatosi in seguito una specie di capo tribú con oscuri coinvolgimenti in svariati traffici illeciti. Dopo due giorni di captazioni gli investigatori si rendono conto però che l'interprete – la chiameremo d'ora in poi, convenzionalmente, Ileana – non è in grado di garantire una traduzione tempestiva e attendibile. Le conversazioni sui telefoni intercettati si svolgono infatti in un idioma misto, fra lingua rumena e lingua rom: di questa seconda, Ileana non ha che una conoscenza vaga e superficiale.

È a questo punto che appare sulla scena dell'indagine un personaggio che influenzerà in modo imprevedibile e drammatico gli avvenimenti delle settimane e dei mesi successivi. Si tratta di Anna (anche questo è un nome convenzionale), poliziotta di etnia rom, in servizio presso una questura del Nord. Anna viene distaccata presso la sezione di polizia giudiziaria della procura di Bari e da quel momento si dedica, letteralmente giorno e notte, all'ascolto e alla traduzione delle conversazioni intercettate. Lavora con Ileana e le due diventano in breve inseparabili.

Con l'arrivo di Anna l'indagine ha uno scatto brusco e drammatico. Dai telefoni risulta che la bambina è viva, nelle mani di un'altra tribú nomade, che i genitori ne sono perfettamente consapevoli e si preoccupano soprattutto di depistare le indagini in corso. In piú occasioni, viene chiesto ad Anna e a Ileana se siano certe delle traduzioni e, dunque, dell'incredibile significato delle conversazioni. Le due interpreti ostentano sicurezza: il senso delle conversazioni è chiarissimo, Maria Mirabela è viva e i suoi familiari sanno quantomeno chi sono le persone che l'hanno presa. Forse molto di piú.

Qualche giorno dopo l'inizio delle intercettazioni, del caso comincia a occuparsi la trasmissione televisiva *Chi l'ha visto* che, in due puntate consecutive, dedica lunghi servizi al mistero della piccola Mirabela. Arrivano diverse segnalazioni di avvistamento, e almeno in due occasioni appaiono attendibili. Esse convincono gli investigatori che Maria Mirabela è nelle mani di una comunità nomade del Nord Italia, dove viene utilizzata in condizioni di semischiavitú per chiedere l'elemosina ad automobilisti e passanti.

Sempre in quei giorni gli inquirenti rintracciano e sentono a verbale un rumeno di nome Marius, che da anni lavora come stalliere a Bitonto. Marius racconta a poliziotti e pubblico ministero che il padre di Mirabela, nelle settimane precedenti alla scomparsa, era molto preoccupato per un grosso debito contratto con alcuni suoi connazionali. Non era in grado di restituire quei soldi e temeva rappresaglie da parte dei creditori, che erano persone molto pericolose.

Questo stato di grave preoccupazione era improvvisamente e incomprensibilmente cessato subito dopo la scomparsa della bambina. Le dichiarazioni di Marius sembrano confermare in pieno la prima impressione degli investigatori e forniscono finalmente una chiave di lettura per tutta la vicenda. La piccola Mirabela era stata ceduta a un'altra comunità rom in pagamento del debito contratto dal padre. La falsa denuncia si era resa necessaria perché la bambina era molto conosciuta anche da alcuni assistenti sociali. La sua assenza non sarebbe passata inosservata.

Il 9 dicembre il padre della bambina chiama l'ispettore responsabile della squadra di polizia giudiziaria di Bitonto e gli comunica di aver ritrovato per caso, a qualche centinaio di metri dall'incrocio dove era avvenuta la scomparsa, uno scarponcino di Maria Mirabela. L'ispettore si precipita sul posto e constata che lo scarponcino è asciutto, appoggiato su erba normalmente cresciuta, in un campo che era stato battuto, a lungo e senza alcun successo, dalle unità cinofile. Insomma, tutto lascia supporre che lo scarponcino sia stato collocato in quel campo in un momento di molto successivo alla scomparsa, in un grossolano tentativo di inquinare le indagini.

Poco prima di Natale i genitori della bambina e il sedicente zio vengono arrestati. Gli investigatori si aspettano che i tre, una volta messi di fronte alla mole imponente di prove raccolte contro di loro, cambino atteggiamento, collaborino e consentano la liberazione della piccola.

Questo non accade. I tre negano tutto, contestano la traduzione delle intercettazioni, sostengono che le interpreti hanno completamente travisato il senso dei loro discorsi.

Anna e Ileana intanto continuano a lavorare senza sosta. I telefoni sotto intercettazione sono infatti utilizzati anche da altri membri della comunità rom per trattare – a quanto riferiscono le due interpreti – affari illeciti tanto colossali quanto imprecisati.

È evidente a questo punto che qualcosa non va, nel comportamento delle due donne.

Anna e Ileana fanno mondo a sé. Trascorrono tutto il giorno e buona parte della notte in sala intercettazioni e paiono a tutti sempre piú stanche, assorte, strane.

Una mattina – sono passate diverse settimane dagli arresti – si presentano dal pubblico ministero e, in evidente stato confusionale, gli comunicano che dalle ultime intercettazioni emergerebbe un complotto internazionale di vaste proporzioni, del quale farebbero parte anche alcuni dei poliziotti che fino a quel momento hanno seguito l'attività di indagine, oltre a membri non identificati dei servizi segreti.

La mattina dopo, le due vengono esonerate dall'incarico. La poliziotta è accompagnata dai colleghi all'ospedale militare, dove l'inevitabile visita psichiatrica dà risultati allarmanti.

Anna viene collocata in malattia, con una diagnosi di esaurimento nervoso. Lei e Ileana sono indagate per calunnia aggravata e continuata. I tre nomadi arrestati sono rimessi in libertà su richiesta dello stesso pubblico ministero, anche se molti aspetti del loro comportamento rimangono oscuri.

L'indagine, quasi tre mesi dopo la scomparsa della bambina, ricomincia letteralmente da zero.

Qualche settimana dopo un allevatore di Bitonto telefona al commissariato e, agitatissimo, comunica di aver scoperto in campagna il corpo di una bambina.

Quando il pubblico ministero e i poliziotti arrivano sul posto si trovano di fronte a una scena terribile quanto inattesa. La bambina è raggomitolata in un letto pieghevole. Sotto il materasso. Ai bordi di una stradina di campagna distante solo qualche centinaio di metri dal luogo della scomparsa. E il suo corpo è misteriosamente mummificato.

L'autopsia consente di accertare che la morte si è verificata poco dopo la scomparsa e che, con ogni probabilità, il corpo è sempre stato nel luogo del rinvenimento, ma non riesce a chiarire se vi sia stata violenza sessuale, non a indicare la causa della morte, né a spiegare la mummificazione, difficilmente compatibile con una lunga permanenza del corpo all'aria aperta.

E poi, si chiedono gli investigatori, se il corpo è lí dal momento della scomparsa, come mai i cani non lo hanno fiutato? Difficile rispondere. A complicare il quadro contribuiscono le dichiarazioni delle poche persone che nel corso dei mesi hanno avuto occasione di passare per quella stradina di campagna. Alcuni dicono che quella rete di letto piegata con dentro il materasso è lí da molto tempo; altri sostengono che qualche settimana prima non c'era, o comunque non ricordano di averla vista.

Si ritorna all'ipotesi del rapimento da parte di un pedofilo. Si allestisce una banca dati nella quale vengono inseriti tutti i soggetti della provincia con precedenti per pedofilia e, piú in generale, per reati a sfondo sessuale. Con l'aiuto degli esperti dell'unità di indagine sul crimine violento della polizia viene stilato un profilo psicologico del maniaco omicida.

Trascorrono alcune settimane, punteggiate da falsi allarmi e da un crescente scoraggiamento da parte degli investigatori.

Poi, un pomeriggio di fine maggio, l'ultima drammatica svolta di un'indagine maledetta.

Poliziotti e pubblico ministero vengono chiamati dal comandante della polizia municipale di Bitonto. C'è un vigile urbano che, come molti altri, ha preso a cuore il caso della piccola Mirabela. Tutti i giorni, durante il suo turno di servizio, passa dal luogo in cui è stato ritrovato il corpo. Gli è stato detto che alcuni maniaci ritornano sul luogo del crimine, o anche nel luogo dell'occultamento del cadavere, per rivivere la sensazione di folle potenza legata allo stupro e all'uccisione.

Quel pomeriggio la costanza del vigile urbano viene premiata. Su quella stradina di campagna – una stradina dove è impossibile capitare per caso – proprio in corrispondenza del punto in cui è stato ritrovato il corpo di Maria Mirabela, c'è una macchina parcheggiata. All'interno un uomo solo, con i pantaloni calati, che si masturba. Il vigile chiama rinforzi e procede al controllo. L'uomo oppone resistenza, cerca di scappare ma viene bloccato e accompagnato in ufficio.

Il soggetto corrisponde quasi perfettamente al profilo psicologico elaborato nelle settimane precedenti: non si è mai sposato, ha abitato per buona parte della sua vita con una madre anziana, al momento vive solo, esercita una professione sanitaria, mostra chiari segni di un equilibrio mentale precario e trascorre – come lui stesso riferisce agli investigatori – il suo tempo libero girando in macchina, senza meta e senza ragione, per le strade della provincia. Soprattutto viene da un paese lontano cinquanta chilometri da Bitonto e non sa spiegare come e per quale motivo si sia appartato in quella stradina sperduta.

Sembra il sospetto ideale, ma a suo carico ci sono solo congetture e una denuncia per atti osceni in luogo pubblico e resistenza a pubblico ufficiale. Si decide allora di perquisirgli la casa, alla ricerca di elementi che possano ricollegarlo alla bambina o, almeno, ad altri reati a sfondo sessuale. Foto pedopornografiche, per esempio.

Quando, però, i poliziotti entrano nell'abitazione – uno dei due appartamenti di una palazzina a un piano – rimangono subito e per l'ennesima volta delusi. La casa è pulitissima, ordinata, con pochi mobili, pochi oggetti, pochissimi abiti, cucina vuota, e niente di rilevante per l'indagine. Quando stanno già per andare via, un ispettore, senza una ragione specifica, chiede al sospetto chi abiti nell'altro appartamento. L'uomo comincia ad agitarsi, dice che non ci abita nessuno, insomma fa insospettire i poliziotti che decidono di fare una verifica.

Bussano ripetutamente alla porta del secondo appartamento senza che nessuno venga ad aprire, anche se ormai è notte fonda. Quando gli agenti stanno per sfondare la porta, il sospetto si decide a tirare fuori una chiave e li fa entrare nella casa. Che è la sua vera abitazione, quella dove dorme, dove trascorre il suo tempo. Un posto allucinante. C'è un tanfo terribile. Ci sono oggetti di ogni tipo in un disordine folle e pauroso. Ci sono libri di esoterismo e magia nera. Ci sono secchi pieni di urina conservati nel soggiorno, nella cucina, nella stanza da letto.

La perquisizione è accuratissima. Quando termina è ormai giorno, ma ancora una volta nessun indizio di reati e nessun elemento concreto che colleghi quest'uomo alla morte della piccola Maria Mirabela.

Nelle settimane successive la vita dell'inquietante personaggio viene letteralmente passata al setaccio. Acquisizioni di tabulati telefonici, intercettazioni, pedinamenti, indagini patrimoniali. Un lavoro investigativo capillare e ossessivo, alla fine del quale, molto tempo dopo, la situazione è la stessa di quel pomeriggio di maggio.

Sospetti, congetture, ipotesi e non un solo elemento di prova.

Maria Mirabela è scomparsa ormai da piú di sei anni.

Anna e Ileana sono state condannate per calunnia, dopo che una perizia accuratissima ha evidenziato l'incredibile sequenza di errori e fraintendimenti delle loro traduzioni.

I genitori di Maria Mirabela sono stati processati per abbandono di minore. Il padre è stato condannato, la madre assolta. Rimangono oscuri molti aspetti del loro comportamento, in questa terribile vicenda.

L'assassino è senza volto, e libero.

Per alcuni poliziotti e per un sostituto procuratore questa indagine è diventata una quieta ma inguaribile ossessione.

Nessuno di loro lo dice, agli altri. Ma ognuno di loro lo sa.

Questa storia non è finita.

Sommarie informazioni a Bogotá

Il procedimento penale nasce da una segnalazione dell'ambasciata italiana a Bogotá, relativa alla scomparsa, in territorio colombiano, di Colonna Francesca, medico, operante come volontario nell'organizzazione umanitaria internazionale denominata Medici Senza Frontiere.

In relazione al contesto della sparizione (su cui si dirà piú ampiamente nel seguito) e a notizie anche informalmente assunte dalla polizia colombiana, si ipotizzava che la Colonna fosse rimasta vittima di omicidio e che si configurasse la fattispecie di un delitto politico e dunque, come tale, perseguibile secondo la legge italiana, anche se commesso all'estero, a norma dell'articolo 8 del codice penale.

Su tale ipotesi venivano impostate le indagini che, ben presto, evidenziavano la necessità di chiedere l'assistenza della magistratura e dell'autorità di polizia colombiane.

Veniva richiesta, ammessa e organizzata un'articolata rogatoria internazionale in Colombia cui il sottoscritto sostituto procuratore della Repubblica veniva autorizzato a partecipare direttamente.

Questo atto è interamente basato sulla suddetta attività investigativa svolta in territorio colombiano.

Colonna Francesca, classe 1970, nubile, ufficiale medico dell'esercito in congedo, comincia la sua collaborazione con l'organizzazione umanitaria non governativa denominata Medici Senza Frontiere nell'anno 2004 partecipando a missioni a Haiti e in Darfur. Alla fine del 2005 la Colonna giunge in Colombia per partecipare alla missione insediata presso la città di Soacha, sobborgo periferico situato a ovest della capitale Bogotá.

Il compito di tale missione è prestare assistenza medica di base e psicologica ai numerosissimi *desplazados* (espatriati) che trovano rifugio nel centro suddetto e in particolare nei suoi quartieri piú poveri.

Il fenomeno dei rifugiati in Colombia ha proporzioni enormi. Per una migliore comprensione del contesto sociale in cui si è mossa l'indagine, sarà bene illustrarlo brevemente, con le parole del capo missione dell'organizzazione Medici Senza Frontiere, dottor Luis Zamora.

A.D.R. (A domanda risponde) In Colombia ci sono circa due milioni di rifugiati, che noi chiamiamo *desplazados*. Questo enorme numero dipende dalla situazione di conflitto permanente che tuttora sussiste in molte, vaste zone del Paese. Il meccanismo della fuga dai luoghi di residenza e il conseguente, costante aumento dei rifugiati funziona come segue. Nei villaggi giungono le milizie paramilitari o le truppe dell'esercito rivoluzionario delle Farc (gruppi guerriglieri di ispirazione originariamente castrista), sempre in conflitto tra loro, e, nel continuo bisogno di incrementare le loro formazioni, cercano di arruolare soldati sempre piú giovani. Ormai arruolano anche ragazzini di dodici, tredici anni. Alle famiglie che non prestano il consenso a questo arruolamento, viene intimato di abbandonare abitazione e averi nel giro di ventiquattro ore. Questa misura viene adottata nel timore che tali famiglie intendano schierarsi – se già non lo sono – con la fazione contraria. Chi non obbedisce viene trucidato. Queste famiglie, prive di tutto (e spesso financo dei documenti di identità) perché non hanno nemmeno il tempo di raccogliere i loro pochi averi, si muovono dunque dalle zone rurali verso gli agglomerati urbani e vanno ad alimentare le enormi masse di abitanti dei sobborghi e delle baraccopoli. Senza documenti, senza un'abitazione degna di questo nome, senza assistenza sanitaria, senza diritti, esposti anche qui ai soprusi delle milizie paramilitari che a Soacha e soprattutto nella confinante Ciudad Bolívar (che tecnicamente sarebbe un quartiere di Bogotá, ma ha un milione di abitanti e di fatto è una città autonoma) sono presenti, pericolose e dedite a ogni sorta di traffici illeciti.

A.D.R. A Soacha, come in altre parti del mondo con analoghi problemi, la missione di Medici Senza Frontiere mira a dare assistenza medica di base, educazione sanitaria e sostegno psicologico ai *desplazados* e comunque a coloro che sono vittime, a vario titolo, della situazione di conflitto permanente che da decenni insanguina il Paese.

Per inquadrare i fatti oggetto d'indagine è bene ora precisare le modalità di partecipazione di Francesca Colonna all'attività della missione.

L'orario di lavoro era il seguente: dalle ore 9.00 del mattino alle ore 17.00, con un'ora di pausa per il pranzo. Ogni pomeriggio alle ore 17.00, con mezzi dell'organizzazione, il personale veniva riportato nella vicina Bogotá. Tale regola era osservata tassativamente, per le ragioni chiarite dal responsabile dell'ambulatorio, dottor Xavier Torres.

A.D.R. Preciso che la suddetta regola di comportamento era, ed è, tassativa. All'atto della chiusura dell'ambulatorio e degli uffici il personale deve, senza eccezioni, rientrare a Bogotá. I livelli di rischio registrati a Soacha (legati all'alto tasso di violenza urbana e in particolare alla persistente e aggressiva presenza di unità paramilitari che di fatto sono bande di criminali comuni) sono tali da sconsigliare la permanenza di personale in ore notturne o comunque al di fuori dell'orario di ufficio e ambulatorio.

A.D.R. Il giorno della scomparsa, attorno alle 15.30, eravamo appena rientrati dopo aver effettuato un servizio di brigata mobile, cioè un giro nelle zone piú remote e inaccessibili dei *barrios* per portare assistenza a quelli che non riescono nemmeno a raggiungere l'ambulatorio. Francesca si allontanò dicendo che andava a comprare le sigarette e che sarebbe tornata nel giro di qualche minuto. Alle 17.00, ora di chiusura dell'ambulatorio e di rientro a Bogotá, non era ancora arrivata. Provammo a chiamarla sul suo cellulare e ci accorgemmo che lo aveva lasciato in ambulatorio. Ovviamente ci preoccupammo, e cosí ci mettemmo subito alla sua ricerca, a piedi e in macchina. Dopo due ore, non avendo ottenuto alcun risultato, andammo alla stazione di polizia per denunciarne la scomparsa, mentre i nostri uffici di Bogotá provvedevano a informare l'ambasciata italiana.

Le dichiarazioni del dottor Torres, oltre a descrivere con asciutta ma drammatica efficacia i momenti della sparizione di Francesca Colonna, sintetizzano un punto di vista unanimemente espresso da tutti i soggetti interrogati nel corso dell'indagine: il personale dell'ambulatorio, gli ufficiali di polizia, i funzionari e gli impiegati della nostra rappresentanza diplomatica. Soacha è considerato un posto tuttora estremamente pericoloso anche e soprattutto per la presenza di gruppi paramilitari. I gruppi paramilitari sono formazioni originariamente nate in contrapposizione alle Farc con funzioni di difesa dei grandi proprietari e imprenditori in supporto all'attività militare dell'esercito regolare. La natura di tali formazioni, caratterizzate da metodi brutali e sanguinari, si è rapidamente evoluta nel senso dell'attività criminale tout court, contrastata in modo assai blando dalle autorità colombiane che, anzi, sono da piú parti sospettate di legami e connivenze con i vertici dei paramilitari.

Le autorità colombiane tendono comunque a minimizzare, quando non addirittura a negare la presenza di gruppi paramilitari a Soacha (il centro, è bene ricordarlo, dove nel corso di un comizio ebbe luogo – ad opera di sicari al servizio del noto narcotrafficante Pablo Escobar l'omicidio di Luis Carlos Galán, candidato alla presidenza della Repubblica), e in generale nei paraggi della capitale. Tale minimizzazione è sistematicamente smentita da chiunque viva e operi nel contesto in discorso.

Presso il centro di Soacha (città i cui sobborghi sono in condizioni disumane come il sottoscritto sostituto procuratore ha avuto modo di verificare nel corso di sopralluoghi informali) la dottoressa Colonna si occupava di medicina di base e di sostegno psicologico a vittime, anche minori, di violenza sessuale.

È su tale parte dell'attività di Francesca Colonna e sulle sue implicazioni psicologiche – in quanto possibili premesse della catena di eventi che portò alla sparizione – che si è concentrato lo sforzo investigativo.

Sembra accertato infatti che già dopo qualche mese di permanenza e di lavoro presso la missione di Soacha, la Colonna mostrasse una crescente ribellione al contesto di sopraffazioni cui era esposta la popolazione, e una conseguente difficoltà a rispettare le regole prudenziali della missione stessa. È utile sul punto riportare le dichiarazioni di Dolores Vargas, infermiera presso il centro di Soacha.

A.D.R. In breve ci accorgemmo tutti che Francesca aveva difficoltà a staccare psicologicamente dal lavoro sul territorio. In particolare era terribilmente coinvolta nelle vicende delle donne e delle bambine violentate dai paramilitari.

A.D.R. Prendo atto che lei mi chiede di spiegare meglio cosa intendo dire. Uno dei metodi che i paramilitari utilizzano per diffondere il terrore e per mantenere il loro potere sui *barrios* è l'uso sistematico e pianificato della violenza sessuale. Francesca era piú di noi tutti turbata da queste cose e non voleva limitarsi ad assistere psicologicamente le bambine, le ragazze, le donne violentate. Tentava in tutti i modi di sollecitare le denunce e, soprattutto, cercava di spingere i *desplazados* a organizzarsi per rivendicare i loro diritti e per opporsi ai soprusi. C'era in particolare una cosa (oltre naturalmente alla sistematica perpetrazione di violenze sessuali) che Francesca non riusciva a tollerare, e cioè il fenomeno delle liste di proscrizione compilate dai paramilitari.

A.D.R. Prendo atto che lei mi chiede di spiegare cosa siano queste liste. Occorre dire che i paramilitari (la cui identità è normalmente ignota perché vivono in clandestinità e quando appaiono nelle vie della città sono abitualmente incappucciati) si dedicano al traffico di stupefacenti, alle estorsioni e alla repressione di ogni forma di organizzazione politica e sindacale. I soggetti sospettati di simpatie per i partiti di sinistra o per il sindacato, o che abbiano avuto il coraggio di denunciare alle forze di polizia i soprusi dei paramilitari, vengono inseriti in vere e proprie liste di proscrizione. Tali liste vengono affisse sulle porte delle abitazioni degli interessati e questo semplice fatto corrisponde a un provvedimento di espulsione dalla comunità.

A.D.R. Sí, ha capito bene. Chi riceve una di queste liste deve immediatamente andarsene dalla sua casa e dal *barrio* di residenza nell'arco di quarantotto ore. I paramilitari effettuano controlli nei giorni successivi al recapito della lista. Se il soggetto non ha obbedito all'ingiunzione viene trucidato sul posto. Le donne, le ragazze e anche le bambine vengono sistematicamente violentate e spesso ridotte in schiavitú e avviate alla prostituzione.

A.D.R. Le forze di polizia intervengono difficilmente e tendono a minimizzare questi fatti. In ogni caso nessuno conosce l'identità dei paramilitari e dei loro capi. L'unica certezza è che, perlomeno nei *barrios* piú degradati, la legge è soltanto quella dei gruppi criminali.

A.D.R. Confermo che Francesca, quasi da subito, manifestò una forte insofferenza per tutto questo. Ovviamente tutti noi detestiamo questa situazione, ma per Francesca era diverso. Lei avrebbe voluto in qualche modo spingere alla ribellione i diseredati dei *barrios* e non faceva mistero di questa intenzione. In piú di un'occasione le era stato detto di evitare atteggiamenti di questo genere, perché avrebbero potuto mettere in pericolo, oltre che la sua personale incolumità, l'attività di tutta la missione.

Le dichiarazioni rese dalla Vargas e dalle altre persone informate sui fatti consentono di disegnare un quadro inquietante e pauroso della situazione sociale e criminale del centro di Soacha.

In tale centro opera una struttura criminale misteriosa, spietata e dai contorni sfuggenti, e viene del tutto spontaneo cogliere le impressionanti somiglianze fra le caratteristiche di questa struttura criminale e quelle dei gruppi mafiosi operanti nel nostro Mezzogiorno: omertà, forza di intimidazione del vincolo associativo, controllo militare dei traffici illeciti e del territorio, feroce repressione dei tentativi di ribellione o di denuncia.

Francesca Colonna non tollerava tale situazione e non ne faceva mistero.

Date tali premesse il punto di svolta della vicenda è costituito dall'incontro fra la Colonna e una ragazza *desplazada* di nome María Asunción Córdoba. L'origine di tale rapporto è raccontata da Soledad Gómez, anche lei infermiera presso l'ambulatorio di Soacha. Ecco uno stralcio del suo verbale.

A.D.R. Francesca era diventata molto amica di una ragazza di nome María Asunción, fuggita dalla regione di Cauca. María Asunción abitava, con il suo bambino di tre anni, in una baracca di lamiera nel *barrio* Casaloma, che si trova a metà strada fra Soacha e Ciudad Bolívar. Si tratta di una delle zone piú degradate e certamente quella con la maggior presenza di paramilitari. María Asunción aveva cominciato a frequentare l'ambulatorio per le vaccinazioni e le cure del suo bambino, ma in seguito aveva continuato a venire da noi anche senza una ragione specifica. Dava una mano – era una ragazza molto sveglia – ma in breve fu chiaro che veniva essenzialmente per incontrare Francesca. Rimaneva a mangiare con lei, chiacchieravano, Francesca le portava dei regali, soprattutto dei libri, ma anche una piccola radio e altri oggetti. A volte (sempre piú spesso negli ultimi tempi), nella pausa di pranzo andavano a passeggiare insieme. Erano diventate davvero molto amiche, molto intime, e mi risulta che Francesca si stesse interessando alle pratiche per far ottenere a María Asunción il passaporto e il visto per l'Italia. Pensavano di andarci insieme, portando anche il bambino, naturalmente.

A.D.R. Non ho mai sentito parlare di un marito di María Asunción, né so chi fosse il padre del bambino.

A.D.R. María Asunción col passare del tempo (e, credo, influenzata dall'amicizia con Francesca) aveva assunto un ruolo di rilievo nella sua comunità, cioè nella zona del *barrio* Casaloma. Aiutava i nuovi arrivati a trovare una sistemazione, dava una mano a quelli che avevano problemi con gli uffici comunali. Aveva imparato un sacco di cose sulle leggi in materia di *desplazados*, sapeva compilare i moduli e sapeva scrivere le istanze o le denunce. Proprio per la competenza che aveva acquisito nelle pratiche legali, le avevano dato il soprannome di «l'*abogada*» (l'avvocata). Organizzava riunioni e cercava di sensibilizzare la gente sulla necessità di far valere i propri diritti e ribellarsi ai soprusi, da qualunque parte provenissero.

A.D.R. Chiunque conosca la situazione dei luoghi potrebbe dire che il *barrio* Casaloma è un posto molto pericoloso per praticare questa forma di impegno. Questo *barrio* come ho detto è situato fra Soacha e Ciudad Bolívar, vale a dire nella zona in cui è piú asfissiante la presenza dei paramilitari, i quali non tollerano nessuna forma di aggregazione sociale o peggio di impegno politico. Percepiscono queste iniziative come minacce al loro potere e tendono a reprimerle spietatamente.

A.D.R. Posto che si tratta solo di voci, ho sentito dire che il capo delle bande paramilitari operanti nel *barrio* Casaloma è soprannominato *El Maton*. Si raccontano fatti raccapriccianti sulla sua crudeltà, in particolare nei confronti delle donne.

A.D.R. L'ultima volta che ho visto María Asunción è stato il giorno prima della scomparsa di Francesca.

Dichiarazioni fondamentali per l'indagine sono quelle rese da Hugo Santillana, autista e factotum presso l'ambulatorio di Soacha, nonché amico di Francesca.

A.D.R. Effettivamente fra tutto il personale del centro di Soacha io ero la persona maggiormente in confidenza con Francesca.

A.D.R. Prendo atto che lei mi chiede di fornire informazioni sulla natura della relazione fra María Asunción e Francesca. La domanda mi mette un po' in imbarazzo ma devo dire che, per quello che ho potuto capire, non si trattava di un rapporto di semplice amicizia. Era qualcosa di piú. A volte le guardavo, quando stavano in disparte. Francesca teneva il bambino in braccio, mangiavano insieme e, quando pensavano di non essere viste, si tenevano la mano.

A.D.R. Non ne sono sicuro, perché io non ho parlato a nessuno della cosa, ma la mia impressione è che un po' tutti nell'ambulatorio e nella missione si fossero resi conto della natura del rapporto fra María Asunción e Francesca. Penso che anche nel *barrio* Casaloma la voce si fosse sparsa.

Il rapporto fra María Asunción e Francesca non era dunque, nelle parole di Hugo Santillana, «di semplice amicizia». È bene sottolineare che queste considerazioni sulla natura del legame fra le due donne vengono sviluppate al solo scopo di delineare il quadro psicologico (e dunque le motivazioni soggettive) in cui si inserirono i drammatici fatti che di lí a poco sarebbero accaduti.

Tanto chiarito, è senz'altro possibile affermare che Francesca e María Asunción avessero intrapreso una relazione sentimentale e che tale relazione fosse diventata di dominio pubblico.

Ciò costituí probabilmente una delle premesse della svolta conclusiva e drammatica di questa vicenda, svolta che può essere introdotta ancora con le parole di Hugo. È bene precisare che queste dichiarazioni sono state rese dalla persona informata sui fatti solo dopo molte reticenze e a seguito di una paziente opera di convincimento, le cui ragioni saranno chiare all'esito della lettura.

A.D.R. Accetto di fare le seguenti dichiarazioni chiedendo che non vengano riferite ai miei superiori nell'organizzazione Medici Senza Frontiere.

A.D.R. Non voglio che queste mie dichiarazioni siano portate a conoscenza dei miei superiori perché, omettendo di dire a loro quello che sto per dire a lei, ho commesso una mancanza grave della quale potrei essere chiamato a rispondere.

A.D.R. Prendo atto che queste dichiarazioni rimarranno riservate e la ringrazio. Come lei sa, l'organizzazione Medici Senza Frontiere attua una politica di assoluta equidistanza dalle parti in conflitto nelle zone di crisi. A questa immagine di equidistanza si associa una pratica inderogabile di non violenza, il rifiuto delle armi eccetera. Come lei stesso ha visto, su tutti i nostri mezzi di trasporto, oltre al simbolo e al nome dell'organizzazione, ci sono scritte che specificano il nostro carattere umanitario e il fatto che mai – tassativamente mai – su questi veicoli vengano portate armi di qualsiasi natura. Portare un'arma, per un appartenente a Medici Senza Frontiere, è una grave violazione delle regole dell'associazione. Soprattutto, può mettere in grave pericolo la vita degli operatori e compromettere la stessa prosecuzione dell'attività in un territorio, infrangendo la fiducia che le parti in conflitto hanno nell'assoluta neutralità e non violenza dell'associazione.

A.D.R. Qualche giorno prima della scomparsa di Francesca, mentre salivamo sulla macchina per il servizio di brigata mobile, vidi sporgere dai suoi pantaloni il calcio di una pistola. La presi in disparte e le chiesi di cosa si trattasse, ma in realtà avevo capito bene. Lei mi rispose di non preoccuparmi, che se ne sarebbe sbarazzata prestissimo, e mi pregò di non fare parola a nessuno di quanto avevo visto. Io le dissi che stava facendo una sciocchezza e che rischiava di mettere in pericolo non solo la sua vita, ma quella di tutti gli operatori. Lei mi ripeté che non dovevo preoccuparmi e che nel giro di un paio di giorni quella pistola sarebbe sparita.

A.D.R. Non ho idea di come Francesca fosse riuscita a procurarsi una pistola. Naturalmente avevo pensato di riferire la circostanza ai superiori ma non me la sentii. Dopo la scomparsa di Francesca mi sono chiesto piú volte se riferire questa circostanza avrebbe potuto cambiare le cose, anche se naturalmente è una domanda senza risposta.

Le circostanze raccontate da Hugo Santillana risalgono a qualche giorno – forse una settimana – prima della scomparsa della Colonna. I fatti immediatamente precedenti a tale scomparsa possono essere narrati con le parole del già citato capo centro, Xavier Torres.

A.D.R. Il giorno prima della scomparsa di Francesca accadde un fatto che ci turbò tutti. Nel pomeriggio arrivò in ambulatorio María Asunción in preda a una grande agitazione. Aveva un foglietto e faceva degli sforzi per non mettersi a piangere. Purtroppo era una scena che avevamo tutti già visto molte volte.

A.D.R. Confermo. María Asunción aveva ricevuto

una lista di proscrizione. Era un foglietto compilato a macchina, con il suo nome e quello di un'altra decina di persone (che evidentemente avevano ricevuto, come d'abitudine, anche loro una copia della lista), tutto come al solito. C'era solo una particolarità: accanto al nome di María Asunción – solo accanto al suo – c'erano alcune parole, scritte a mano.

A.D.R. Le parole erano: «Cagna lesbica (*tortillera perdida*) ti ammazzeremo dopo esserci divertiti con te».

A.D.R. Francesca ovviamente era la piú turbata di tutti. In realtà era proprio sconvolta e ci chiese di aiutarla a portare via María Asunción e il suo bambino dal *barrio* Casaloma e da Soacha.

A.D.R. Francesca sapeva benissimo che era una richiesta impossibile. Noi di Medici Senza Frontiere dobbiamo mantenerci neutrali e limitarci ai nostri compiti che, per l'ambulatorio di Soacha, sono assistenza medica di base, educazione sanitaria e assistenza psicologica. Non possiamo in nessun modo intrometterci nelle vicende della comunità, anche solo prestando assistenza a coloro i quali vengono inseriti nelle liste di proscrizione e sono costretti a darsi alla fuga. Questo comprometterebbe la nostra immagine di neutralità e dunque la possibilità di operare in relativa sicurezza in favore delle popolazioni sofferenti nelle aree di crisi. Va detto poi che ogni mese vengono recapitate decine di liste di proscrizione; i soggetti interessati sono tantissimi e, anche se non ci fossero gli altri ostacoli di cui ho detto, non potremmo mai assisterli tutti.

A.D.R. Francesca e María Asunción si appartarono per qualche minuto nella zona in cui normalmente facciamo la pausa di pranzo. Poi María Asunción andò via. Nessuno ebbe il coraggio di chiedere nulla a Francesca, dopo che María Asunción fu andata via.

A.D.R. Quel pomeriggio è stata l'ultima volta che ho visto María Asunción.

A.D.R. Naturalmente pensammo tutti che la scomparsa di Francesca avesse a che fare con la lista di proscrizione. Provammo a cercare anche nel *barrio* Casaloma, ma nessuno di noi conosceva il luogo preciso in cui abitava María Asunción, ammesso che le due fossero lí.

A.D.R. Effettivamente il giorno dopo la scomparsa di Francesca riferimmo alla polizia le circostanze relative al suo rapporto con María Asunción. Per quanto ne so, una pattuglia perlustrò il *barrio* Casaloma e trovò anche la baracca in cui aveva abitato María Asunción con il suo bambino. La baracca era disabitata e, come ci disse confidenzialmente un sottufficiale con cui eravamo in buoni rapporti, c'erano segni evidenti di uno scontro a fuoco.

Un ultimo tassello investigativo da riportare, prima di passare alle conclusioni, è quello costituito dalle dichiarazioni dell'ufficiale di polizia Felipe Rojas, che si occupò delle indagini.

A.D.R. Qualche giorno dopo la scomparsa della vostra connazionale localizzammo la baracca in cui abitava la Córdoba María Asunción. Chiarisco che non è stato facile perché nel *barrio* Casaloma non esistono nomi di strade, indirizzi e numeri civici. Quando l'abbiamo ispezionata, la baracca era deserta e dal sopralluogo è apparso chiaro che essa era stata teatro di un conflitto a fuoco.

A.D.R. La porta era distrutta, l'interno devastato e abbiamo trovato bossoli di almeno due diverse armi.

A.D.R. Non abbiamo effettuato una ricerca accurata per individuare eventuali tracce di sangue. In occasione del sopralluogo non avevamo personale e attrezzature per questo tipo di indagini.

A.D.R. Non è stato possibile ottenere alcuna testimonianza sull'accaduto. In generale è molto difficile che la popolazione collabori con la polizia. Gli abitanti delle baracche vicine hanno tutti dichiarato di non avere visto né sentito nulla.

A.D.R. Purtroppo non siamo riusciti ad acquisire alcuna notizia, anche solo confidenziale, sul destino della vostra connazionale, di Córdoba María Asunción e del suo bambino. Ogni ipotesi resta aperta. Abbiamo solo un'informazione che forse potrebbe avere a che fare con questa vicenda. Nei giorni immediatamente successivi alla scomparsa delle due donne ci sono stati i funerali di due soggetti sospettati di appartenere alle milizie paramilitari operanti nel *barrio* Casaloma. La versione ufficiale è che costoro siano morti per un incidente stradale, ma nessuno può dire se ciò sia vero.

A.D.R. Non possiamo escludere nessuna ipotesi sulla causa della morte e quindi nemmeno quella di uno scontro a fuoco che i paramilitari potrebbero aver tenuto nascosto per evitare ogni interessamento delle forze di polizia.

A.D.R. Effettivamente uno dei due soggetti in questione era soprannominato *El Maton*.

Questi in estrema sintesi gli elementi significativi emersi dall'indagine che – si è costretti ad ammettere – non ha consentito di acquisire certezze sulla sorte della dottoressa Colonna Francesca oltre che, naturalmente, della Córdoba e del suo bambino. Esaurita la disamina degli atti occorre altresí riconoscere che allo stato non appaiono realisticamente praticabili ulteriori investigazioni.

L'ipotesi purtroppo piú probabile è che le due donne

siano rimaste vittime dei paramilitari, che il gesto di ribellione sia stato soffocato nel sangue e che i corpi delle due vittime (e forse anche del bambino), come in tanti casi analoghi, siano stati occultati o distrutti.

Non si può escludere però un'ipotesi alternativa. Elementi in tal senso derivano dal fatto che il capo delle milizie paramilitari operanti nel *barrio* Casaloma, il personaggio denominato *El Maton* (il soggetto verosimilmente responsabile per l'invio delle liste di proscrizione), fu vittima di un non precisato incidente mortale negli stessi giorni della sparizione di Francesca e María Asunción.

Se si considera che Francesca era munita di un'arma da fuoco e che aveva la capacità tecnica (per il suo passato militare) e la determinazione per usarla, è possibile configurare uno scenario in cui, dopo un conflitto a fuoco conclusosi nel modo piú imprevedibile, le due donne con il bambino siano riuscite a fuggire, scomparendo nel nulla dello sterminato territorio colombiano.

Sulla vicenda rimane dunque il mistero che sin dall'inizio l'ha accompagnata e che l'indagine è stata solo in parte capace di diradare. Ne consegue inevitabilmente l'archiviazione del procedimento per carenza di prove sulla sussistenza del reato di omicidio e comunque per esserne ignoti gli eventuali autori.

Pur essendo irrituale, viene del tutto spontaneo chiudere il presente atto con le parole trovate su un taccuino recuperato all'esito di un sopralluogo nell'abitazione di Francesca ed esaminato – come altri documenti – alla ricerca di possibili spunti investigativi.

> Bambina, prendi le tue cose,
> perché stasera ci incontreremo
> nei campi oscuri.
> Forse sarà l'ora del nostro destino

o forse no.
Ma certo potremo dire
anche solo nell'attimo preciso
cosa significhi davvero
vivere e morire.

L'ufficio non è stato in grado di accertare se si tratti o meno di parole originali di Francesca. Non vi è dubbio però che in questi brevi versi sembra celarsi, profetico e inquietante, il senso di una scelta e di un destino.

Il paradosso del poliziotto

Un uomo sui trent'anni è seduto al tavolo di un bar, in fondo al locale. C'è poca gente, l'illuminazione è scarsa; l'uomo ha davanti a sé un cappuccino.

Dopo qualche minuto arriva un altro uomo, molto piú anziano, ma robusto e in forma, capelli corti, baffi bianchi, occhi dal taglio vagamente orientale.

UOMO ANZIANO Sono in ritardo?

UOMO GIOVANE No, no, lei è puntualissimo. Sono stato io ad arrivare con qualche minuto di anticipo. Prende qualcosa?

UOMO ANZIANO Prendo anch'io un cappuccino, grazie.

Il giovane chiama il cameriere, ordina e poi torna a rivolgersi all'anziano.

UOMO ANZIANO Dunque lei è uno scrittore?

UOMO GIOVANE Sí, scrivo romanzi.

UOMO ANZIANO Temo di non aver letto nulla di suo. Mi dispiace.

UOMO GIOVANE Ah, non si preoccupi. È in compagnia della quasi totalità della popolazione mondiale. A lei piace leggere?

UOMO ANZIANO Sí.

UOMO GIOVANE Singolare, per un poliziotto.

UOMO ANZIANO Conosce molti poliziotti?

UOMO GIOVANE (*dopo una pausa*) Ha ragione, mi scusi. Ho detto una banalità.

UOMO ANZIANO No. Sono stato scortese io, a fargliela notare. Se ho capito bene dalla nostra telefonata, ha bisogno di farmi qualche domanda per un libro che sta scrivendo.

UOMO GIOVANE È cosí, e grazie per aver accettato di incontrarmi. Ho bisogno di capire alcune cose sulla tecnica dell'interrogatorio. Mi hanno detto che lei era la persona con cui parlare. Nel suo ambiente – e anche fuori – si raccontano cose molto interessanti sul suo conto.

UOMO ANZIANO Nel mio ambiente si raccontano anche molte chiacchiere.

UOMO GIOVANE Dicono che lei sa far parlare chiunque. Dicono che lei è capace di ipnotizzare i sospetti.

UOMO ANZIANO Appunto, vede? Chiacchiere.

UOMO GIOVANE Ma ha ottenuto un numero incredibile di confessioni, nella sua carriera. Come lo spiega?

UOMO ANZIANO Un po' di fortuna, forse.

UOMO GIOVANE La fortuna con queste cose non c'entra, e lei lo sa meglio di me.

UOMO ANZIANO (*dopo una pausa*) Ho detto anch'io una banalità. La fortuna c'entra poco.

UOMO GIOVANE Va bene, visto che siamo pari possiamo ricominciare dal principio. Perché è diventato poliziotto?

UOMO ANZIANO Andavo all'università e me la prendevo molto comoda.

UOMO GIOVANE Cosa studiava?

UOMO ANZIANO Studiavo filosofia.

UOMO GIOVANE Studiava filosofia…

UOMO ANZIANO Anzi, per essere piú precisi diciamo che ero iscritto a Filosofia e di tanto in tanto davo qualche esame. Avevo quasi trent'anni, passavo le notti giocando a carte, bevendo, fumando (di tutto), cercando di scrivere improbabili racconti e poesie ancora piú improbabili. E, come può immaginare, non ero molto soddisfatto di me. Poi una mattina, leggendo il giornale, scoprii che era stato bandito il primo concorso per ispettori, poco dopo la riforma della polizia. Per partecipare bastava il diploma. Adesso noi diamo per scontato il fatto che nella polizia italiana esistano gli ispettori, ma allora era una novità eccezionale. Prima c'erano solo i marescialli, i brigadieri, gli appuntati. Aveva un suono da film americano, quella parola, e, per un appassionato di *hard boiled* come me, sembrava la promessa di una vita avventurosa. Insomma, senza dire niente ai miei, che non avrebbero apprezzato, presentai la domanda.

UOMO GIOVANE Perché non avrebbero apprezzato?

UOMO ANZIANO I miei erano professori di liceo e vecchi militanti del Pci. Per loro, la polizia erano i questurini di Scelba: energumeni fascisti e picchiatori di manifestanti. Decisamente non amavano la polizia e, se devo dirlo, paradossalmente avevano piú rispetto per i carabinieri. Cosí feci tutto a loro insaputa: la visita medica, gli scritti e gli orali, e superai il concorso. Quando fu il momento di partire per il corso, ovviamente dovetti dirglielo.

UOMO GIOVANE E loro?

UOMO ANZIANO Non furono contenti. Provarono a dissuadermi, ma io avevo deciso, e lo capirono quasi subito. Mio padre allora mi fece promettere che avrei almeno continuato a studiare e mi sarei laureato. Io promisi. In effetti mi sono laureato, ma molti anni dopo, quando lui ormai non c'era piú.

UOMO GIOVANE E dopo il corso?

UOMO ANZIANO Cominciai a fare lo sbirro. Sa che cosa mi piaceva di piú?

UOMO GIOVANE Cosa?

UOMO ANZIANO Il tesserino. Quel pezzo di plastica dimostrava che era tutto vero. Che *io* ero vero. Era come un certificato di autenticità esistenziale. Di nascosto mi esercitavo ad aprire il portafogli con un gesto secco, mostrando il tesserino e dicendo: polizia.

UOMO GIOVANE Quale fu la sua prima sede?

UOMO ANZIANO Mi mandarono alla squadra mobile di P.

UOMO GIOVANE E quale fu il primo caso di cui si occupò?

UOMO ANZIANO P. di regola era un posto tranquillo, anche troppo, ma dopo qualche giorno dal mio arrivo ci fu un tentativo di rapina in una gioielleria. Nei paraggi passava una delle nostre volanti e gli agenti riuscirono ad arrestare quello che faceva il palo. Gli altri due scapparono. Ero lí quando l'equipaggio della volante arrivò in questura con l'arrestato, e mi ricordo benissimo la sensazione che provai in quel momento.

UOMO GIOVANE Che sensazione?

UOMO ANZIANO Che stesse per accadere qualcosa di brutto.

UOMO GIOVANE E accadde?

UOMO ANZIANO Sí. C'era un collega che passava proprio in quel momento. Era un tipo normale, di mezza età, la pancetta, calvo, che lavorava ai passaporti, se non ricordo male. Se non avesse avuto la divisa sarebbe parso un sacrestano. Si avvicinò all'arrestato e senza dire una parola gli diede uno schiaffo fortissimo. Non avresti pensato che un tipo dall'aria cosí innocua potesse sviluppare tanta violenza. Il ragazzo perse l'equilibrio, e cadde per terra. Qualcuno lo tirò su per i vestiti e per i capelli; qualcun altro da dietro gli diede un pugno. Qualcun altro ancora gridò: «Adesso ti massacriamo, bastardo». Era un ragazzino. Non avrà piú di vent'anni, pensai. Poi scoprii che non ne aveva ancora diciannove.

UOMO GIOVANE E poi?

UOMO ANZIANO C'era una stanza, in fondo al corridoio della squadra mobile, che veniva usata per gli interrogatori. Il ragazzo fu portato lí dentro. Io stavo nel corridoio e non sapevo che fare quando un vecchio maresciallo mi disse di entrare, se volevo imparare il mestiere e diventare un uomo. Quando entrai il ragazzo stava gridando, o forse piangeva. Attorno c'erano sei o sette colleghi, un paio in divisa delle volanti e tutti gli altri della mobile. Quello era seduto, ammanettato dietro la schiena. Gli davano schiaffi e pugni a turno e gli gridavano in faccia e nelle orecchie. Doveva dire chi erano gli altri due della rapina o altrimenti lo avrebbero ammazzato. Quello all'inizio aveva provato a sostenere che gli altri due non li conosceva, che li aveva incontrati alla stazione e gli avevano proposto di fare un colpo insieme. Dopo un bel po' di botte smise di ripetere questa stupidaggine. Piangeva, e ogni tanto diceva: «Scusatemi».

UOMO GIOVANE Scusatemi? In che senso?

UOMO ANZIANO Credo volesse dire: scusate se ho provato a fare la rapina. Era un modo per implorare pietà.

UOMO GIOVANE Ma è sempre cosí?

UOMO ANZIANO Vuol dire la violenza?

UOMO GIOVANE Sí.

UOMO ANZIANO (*dopo una lunga pausa*) Ci sono tipi diversi di violenza, come ci sono tipi diversi di poliziotti. Chiariamo un concetto: non c'è nessun poliziotto – parlo di sbirri, non di archivisti o magazzinieri che non le abbia mai date. Sottoscritto incluso. Se insegui a lungo uno spacciatore e quello, quando finalmente lo blocchi, prova anche a reagire, è del tutto normale che le prenda. È inevitabile, direi, e lui stesso se l'aspetta.

Le botte date in caserma o in questura, a freddo, anche quando non sono frutto di sadismo (c'è anche quello, certo), sono un altro discorso. A parte ogni considerazione etica – e giuridica, naturalmente – una confessione ottenuta con le botte, o altri sistemi analoghi, non dà nessuna garanzia di attendibilità.

UOMO GIOVANE Vuol dire che chi confessa in questo modo poi è facile che ritratti?

UOMO ANZIANO Voglio dire che persone del tutto innocenti confessano cose che non hanno fatto, per via delle botte o di altre forme di pressione.

UOMO GIOVANE Scherza?

UOMO ANZIANO No. Capita piú spesso di quanto si possa immaginare. E capita che per via delle botte vengano accusate, e a volte anche condannate, persone che non c'entrano niente di niente.

UOMO GIOVANE È difficile da credere, una cosa del genere. Mi può fare qualche esempio?

UOMO ANZIANO C'è un caso giudiziario famosissimo. Si ricorda la storia della Uno Bianca?

UOMO GIOVANE Certo.

UOMO ANZIANO Quando i componenti della banda furono arrestati e confessarono, si scoprí che erano i responsabili anche di una serie di rapine per cui non erano stati nemmeno sospettati. E fra queste rapine ce n'era una per cui erano state già condannate altre persone.

UOMO GIOVANE E queste persone avevano confessato?

UOMO ANZIANO Una di loro, sí. E, ripeto, non c'entrava niente. Io non mi fido mai di una confessione cui non ho assistito. E, a dire la verità, non mi fido nemmeno di quelle cui ho assistito, se non so esattamente cosa è successo prima.

UOMO GIOVANE Come è finita la storia del rapinatore?

UOMO ANZIANO Quelli lo picchiavano e io non sapevo cosa fare. Stavo lí e in qualche momento pensavo che avrei dovuto dargli anch'io uno schiaffo, per non fare la figura della recluta che se la faceva sotto. In qualche altro momento pensavo invece che avrei dovuto trovare il coraggio per dire loro di smettere. Ma ovviamente non se ne parlava neanche. Ero l'ultimo arrivato, se avessi aperto bocca mi avrebbero buttato fuori a calci e la mia carriera di investigatore sarebbe finita prima di cominciare.

UOMO GIOVANE Quanto durò?

UOMO ANZIANO Un sacco di tempo, e alla fine fu chiaro che non c'era verso, non avrebbe detto niente. Era un ragazzino, ma aveva le palle o un buon motivo per stare zitto, o tutt'e due. Comunque le botte finirono e arrivò il momento di preparare il verbale di arresto e le altre carte, per portarlo in carcere. Uscimmo dalla stanza, qualcuno andò a prendersi il caffè, qualcuno se ne andò proprio a casa e qualcun altro, appunto, andò a battere a macchina il verbale di arresto. Io mi aggiravo per i corridoi e non sapevo che fare. Cosí, a un certo punto, senza una ragione precisa, rientrai nella stanza dove quello stava sempre sulla sedia, ammanettato, con la faccia veramente malridotta, il mento appoggiato sul petto. Mi sedetti vicino a lui e gli domandai se le manette gli facevano male. Quello – me lo ricordo come se ce l'avessi davanti, qui, in questo momento – alzò piano la testa, come se non avesse sentito bene. Io gli chiesi di nuovo se le manette gli facevano male e lui rispose di sí. Gli dissi che se mi prometteva di non fare stupidaggini gli avrei tolto le manette. Lui rispose: «Prometto». Mi fece un'impressione strana. Lo disse con una dignità impacciata, come un bambino che vuole apparire adulto.

UOMO GIOVANE E allora?

UOMO ANZIANO Allora mi feci dare le chiavi delle manette dall'agente che lo stava sorvegliando e liberai il ragazzo. Poi gli chiesi se voleva una sigaretta e lui disse sí, la voleva. Ma prima, se possibile, voleva un po' d'acqua. Gli portai l'acqua e poi gli offrii la sigaretta, ne accesi una anch'io e fumammo insieme. In silenzio. Ero andato lí senza nessuna intenzione, ma mentre fumavamo mi venne l'idea assurda che forse a me avrebbe detto le cose che le mazzate non erano riuscite a tirargli fuori.

UOMO GIOVANE E il ragazzo disse qualcosa?

UOMO ANZIANO Dopo aver finito di fumare, mi chiese cosa rischiava. Intendeva: che pena rischiava. Io non ne avevo la piú pallida idea. Facevo il poliziotto da pochi giorni, non avevo mai visto un processo e non riuscivo nemmeno a immaginarmi quanto avrebbero potuto dargli per quel tentativo di rapina. E però non potevo restare zitto e cosí risposi, con tono grave, che rischiava parecchio. Non sapevo di cosa stessi parlando, ma il ragazzo non se ne accorse. Per lui ero un poliziotto come gli altri, a parte il fatto che non l'avevo picchiato.

UOMO GIOVANE È bravo a raccontare.

UOMO ANZIANO Il lavoro dell'investigatore è fatto di storie. Comunque quello rimase zitto e poi, torcendosi le mani, mormorò che la cosa peggiore per lui era pensare a quando lo avrebbe saputo suo padre. Il padre era operaio e sindacalista. Sapere che il figlio era stato arrestato per rapina gli avrebbe spezzato il cuore. Non furono proprio queste le parole, ma il senso era questo. Non so perché, gli dissi che se voleva potevo andare io dal padre, a informarlo.

UOMO GIOVANE E lui?

UOMO ANZIANO Sembrava un po' sollevato, come se almeno un problema fosse risolto. Fu in quel preciso momento che feci una strana esperienza. Avevo la netta sensazione di interpretare una parte e nello stesso tempo mi sentivo del tutto naturale e spontaneo. Ero perfettamente diviso in due, e paradossalmente unico. Non sono sicuro di riuscire a spiegarlo.

UOMO GIOVANE Credo di sapere di cosa parla. Si prova qualcosa di simile, a volte, quando si scrive. In alcuni momenti fortunati, quando ci si accorge che le parole vanno al posto giusto, e la verità e la finzione diventano una cosa sola.

I due rimangono in silenzio per qualche minuto. Assorti. Poi l'uomo anziano sembra risvegliarsi, quasi bruscamente.

UOMO ANZIANO A quel punto gli dissi che, secondo me, lo avevano messo in mezzo.

UOMO GIOVANE Cosa intendeva?

UOMO ANZIANO Che erano stati i suoi complici a cacciarlo in quel guaio. Glielo dissi senza avere un'idea precisa in mente. Lui, dopo qualche secondo di silenzio, sussurrò una cosa del tipo «quegli stronzi» e mi chiese se potevamo restare soli.

Io sentii il battito diventarmi velocissimo, risposi di sí, che potevamo restare soli, e ordinai al piantone di uscire. Quello mi guardò quasi incredulo. Era un agente anziano, con la faccia di chi ha visto di tutto. Tecnicamente ero un superiore, ma la sua espressione diceva che per lui ero solo una recluta di merda. Fu sul punto di aprire bocca, poi si limitò a fare una smorfia, non disse niente, e uscí dalla stanza.

Rimasti soli spiegai al ragazzo che a volte facciamo delle sciocchezze, degli errori senza neanche rendercene conto. Bisogna evitare che questi errori diventino irreparabili. E poi aggiunsi che, se voleva raccontarmi qualcosa, il momento era quello, per ridurre al minimo le conseguenze del suo errore, per avere una prospettiva di vita anche dopo quella sciocchezza. Piú avanti, poteva essere troppo tardi. Parlai di attenuanti generiche, di arresti domiciliari, di cose della cui esistenza sapevo solo per averle studiate durante il corso.

UOMO GIOVANE E il ragazzo?

UOMO ANZIANO Mi raccontò tutto. Fece i nomi degli altri e mi spiegò come si era lasciato trascinare. Si incontravano ogni mattina al bar, nel quartiere dove abitavano tutti e tre. I due avevano sempre soldi in tasca mentre lui era sempre senza una lira. Quel giorno gli proposero di andare con loro, a fare un lavoretto semplice e senza rischi. Lui disse che non era sicuro di essere capace e quelli gli risposero che non c'era niente di cui essere capace. Doveva solo stare fermo fuori dalla gioielleria ad aspettarli, tenendo gli occhi aperti. In cinque minuti sarebbe finito tutto.

UOMO GIOVANE Li prendeste, gli altri due?

UOMO ANZIANO Li prendemmo nel giro di un'ora: fu il primo fermo della mia carriera. Erano pregiudicati per droga e rapina, ma non fecero troppe storie per confessare. Prima con noi e poi subito dopo in presenza del pubblico ministero e degli avvocati.

UOMO GIOVANE E i suoi superiori cosa dissero?

UOMO ANZIANO Non mi ricordo le parole del capo della mobile, ma fino al mio ultimo giorno non mi scorderò la sua faccia, quando entrai nel suo ufficio e lo informai che il ragazzo aveva parlato. Comunque ricevemmo tutti un encomio per come avevamo risolto brillantemente il caso.

UOMO GIOVANE *Avevamo*?

UOMO ANZIANO Già, in polizia funziona cosí. Se qualcosa va bene è sempre un lavoro di gruppo. Se qualcosa va storto la colpa è solo tua. In ogni modo, dopo quell'esperienza ho pensato spesso a quello che avevo fatto e a come lo avevo fatto. Ho letto libri, articoli, mi sono procurato materiali e protocolli investigativi di polizie di altri Paesi. Penso di avere elaborato un metodo, insomma, di avere imparato a fare il poliziotto sforzandomi di capire cosa fosse successo quella sera.

UOMO GIOVANE Il ragazzo ha parlato perché lei lo ha trattato con rispetto, secondo me.

UOMO ANZIANO Sí, credo che quello sia il punto di partenza.

UOMO GIOVANE Cosa ci vuole per essere un bravo poliziotto?

UOMO ANZIANO Bella domanda. Una volta ho letto in un romanzo una descrizione che diceva piú o meno: «Non gli piacevano i criminali – di qualsiasi tipo – ma non passava il suo tempo a rodersi pensando che la maggior parte di loro l'avrebbe fatta franca e soprattutto quando aveva torto era capace di ammetterlo senza fare storie». Questo è l'atteggiamento giusto, credo. Se poi dovessi proprio indicare le qualità direi: spirito di osservazione, capacità di dubitare, senso dell'umorismo.

UOMO GIOVANE Senso dell'umorismo?

UOMO ANZIANO Già. E per essere piú preciso: capacità di non prendersi sul serio.

UOMO GIOVANE Non capisco. Voglio dire: non capisco cosa c'entri con il lavoro dell'investigatore.

UOMO ANZIANO Se uno si prende troppo sul serio non riesce a vedere i particolari. Nei luoghi e sulla faccia delle persone. I particolari sono quasi sempre la cosa piú importante.

UOMO GIOVANE Non solo nelle indagini.

UOMO ANZIANO Non solo nelle indagini, certo.

UOMO GIOVANE Lei ha detto di aver elaborato un metodo. Mi piacerebbe capire in cosa consiste.

UOMO ANZIANO Provo a spiegarglielo con un'altra storia. Questa è molto piú recente. C'era stato l'omicidio di un ragazzo. Un ragazzo normale, che lavorava nel negozio del padre e non aveva niente a che fare con ambienti criminali. Il cadavere fu trovato per strada, vicino a casa sua. Una sola coltellata diritta al cuore. Niente testimoni, niente movente, niente sospetti. Girammo a vuoto per quarantotto ore prima di trovare qualcosa.

UOMO GIOVANE Cosa?

UOMO ANZIANO La sera prima, in un pub, la vittima aveva picchiato un tale. Per una questione di ragazze. Lo aveva picchiato e umiliato in pubblico e quell'altro, andandosene, urlò che gliel'avrebbe fatta pagare. La cosa ce la raccontò confidenzialmente il gestore del pub, che era amico di un nostro agente. Il morto era un tipo grande e grosso, un giocatore di rugby se non ricordo male. Quando andammo a prendere l'altro, invece, ci trovammo davanti un piccoletto con le spalle strette.

UOMO GIOVANE Gli diceste che lo sospettavate di qualcosa?

UOMO ANZIANO No, non subito. Effettivamente non avevamo nulla a suo carico, a parte una dichiarazione confidenziale e quindi inutilizzabile, e i sospetti che ne derivavano. L'idea era di fare un tentativo. Spesso è cosí. Gli dicemmo che dovevamo fargli qualche domanda e che sarebbe tornato a casa prestissimo. Invece lo lasciammo da solo per parecchie ore, senza che nessuno gli parlasse. Ogni tanto quello apriva la porta della stanza e chiedeva al piantone nel corridoio perché lo stavamo trattenendo. E l'agente rispondeva di non saperne niente, il che peraltro era vero. Poi uno dei nostri, della mobile, intendo, entrò nella stanza e gli gridò che era nei guai e che non sarebbe tornato a casa. Senza spiegargli perché. E alla fine andai a parlarci io.

UOMO GIOVANE E cosa gli disse?

UOMO ANZIANO Ovviamente era molto nervoso, anche se cercava di apparire a suo agio, quasi noncurante. Cosí per un po' semplicemente chiacchierai con lui, senza nemmeno toccare l'argomento dell'omicidio. Quando mi parve si fosse un po' rilassato, gli chiesi di raccontarmi cosa era successo nel pub qualche giorno prima. Lui provò a replicare che non era successo niente e che non sapeva di cosa parlassi, ma il fatto era accaduto davanti a un sacco di gente e dunque negare non aveva senso. In effetti non fu troppo difficile farglielo riconoscere. Era un primo sviluppo. Stavamo parlando e lui aveva ammesso un fatto importante, anche se l'omicidio non era stato nemmeno menzionato. Ma aver ottenuto quell'ammissione era come aver infilato un piede fra la porta e lo stipite, se rendo l'idea.

UOMO GIOVANE Rende.

UOMO ANZIANO Quando finí di raccontare i fatti del pub gli chiesi di darmi ascolto per qualche minuto, senza interrompermi. Doveva solo ascoltarmi. Per iniziare gli dissi che capivo il suo comportamento e che nella stessa situazione forse mi sarei comportato allo stesso modo. Ci sono umiliazioni che è difficile sopportare e certe reazioni, anche se sbagliate, sono umane.

UOMO GIOVANE Mi lasci capire. Giustificava quello che aveva fatto per indurlo a confessare?

UOMO ANZIANO Non direi che giustificavo. Cercavo di proporgli una spiegazione socialmente accettabile e intelligibile – intelligibile a lui, prima di tutto – per la sua condotta. Condotta di cui, peraltro, non avevamo ancora parlato direttamente. Cercavo di collocare il fatto in un quadro di relativa tollerabilità psicologica. Cercavo di distinguere – e fargli capire che ero capace di fare quella distinzione – fra lui come persona, e la sequenza di accadimenti, sfortunata e tragica, in cui si era trovato coinvolto.

UOMO GIOVANE Lei parla come un professore universitario, piuttosto che come un poliziotto. È corretto sostenere che, secondo il suo metodo, nella prima fase si crea un rapporto con il sospettato e nella seconda si cerca di razionalizzare e minimizzare il comportamento ai suoi occhi?

UOMO ANZIANO Sí, direi che è corretto.

UOMO GIOVANE Vada avanti.

UOMO ANZIANO Il terzo passaggio consiste in una sorta di proiezione della responsabilità.

UOMO GIOVANE Che significa?

UOMO ANZIANO Vuol dire che bisogna proiettare almeno parte della responsabilità su qualche soggetto esterno. Può essere l'ambiente sociale, la famiglia, una situazione difficile o, come in questo caso, una provocazione della vittima. È un passaggio molto delicato. La proiezione è fondamentale per attenuare le resistenze del sospetto e per condurlo alla confessione, ma è l'operazione eticamente piú insidiosa.

UOMO GIOVANE Perché c'è il rischio di giustificare il reato.

UOMO ANZIANO O di manipolare il sospetto. Bisogna trovare un punto di equilibrio fra proiezione di responsabilità e chiarezza sul valore negativo del fatto. Io gli dissi che volevo essere onesto con lui e non intendevo giustificare l'accaduto. Era una cosa sbagliata e lo sapevamo tutti e due, ma certamente quel comportamento sbagliato non avrebbe avuto luogo senza la provocazione della vittima.

Tenga conto che un aspetto importante consiste nella scelta accurata di espressioni il piú possibile neutre. Per capirci, io non usai mai le parole: omicidio, morto, delitto. Usavo termini come: fatto, incidente, episodio. Le espressioni cariche dal punto di vista emozionale riportano il soggetto alla gravità del suo comportamento, evocano conseguenze paurose e riducono la possibilità di una confessione.

Le parole sono importanti, piú di quanto si possa immaginare. Ma forse a lei non c'è bisogno di dirlo.

UOMO GIOVANE Sartre ha scritto che le parole sono pistole cariche.

UOMO ANZIANO Mi secca apparire pedante, ma la frase è di Brice Parain. Sartre si limita a citarla, in un saggio che mi sembra si intitoli *Che cos'è la letteratura*.

UOMO GIOVANE (*con faccia incredula, dopo lunga esitazione*) Chi era questo…

UOMO ANZIANO Brice Parain. Un filosofo francese. Ho fatto la tesi di laurea su di lui. Sa com'è stato chiamato, Brice Parain?

UOMO GIOVANE No.

UOMO ANZIANO Lo Sherlock Holmes del linguaggio. Credo di aver deciso di fare la mia tesi su di lui per questo motivo.

UOMO GIOVANE Beh, accidenti. Non avrei immaginato che la conversazione prendesse questa piega.

UOMO ANZIANO A dire la verità neanch'io.

UOMO GIOVANE Va bene. Riprendiamo dal punto in cui ci siamo interrotti. Cosa succede dopo la proiezione?

UOMO ANZIANO C'è un quarto passaggio, quello conclusivo. Consiste nell'offrire onesti incentivi per la confessione.

UOMO GIOVANE Onesti incentivi?

UOMO ANZIANO Non bisogna fare promesse che non è possibile mantenere. Non bisogna prospettare vantaggi che il sospetto non potrebbe effettivamente ricevere dalla sua confessione.

UOMO GIOVANE E in questo caso quali furono gli onesti incentivi?

UOMO ANZIANO Prima di tutto gli chiarii che la provocazione è un'attenuante e che la confessione, soprattutto in quella fase, gli avrebbe sicuramente garantito anche le attenuanti generiche; inoltre avrebbe potuto chiedere il giudizio abbreviato – gli spiegai cos'è il giudizio abbreviato – e ottenere un ulteriore sconto di pena. Gli spiegai che era quello il momento per dare la sua versione dei fatti e consentirci di cogliere – prima che il procedimento facesse altrimenti il suo corso e fosse troppo tardi – tutti gli elementi e le circostanze attenuanti.

UOMO GIOVANE Confessò?

UOMO ANZIANO Sí. Confermò – a quel punto con molti piú dettagli – il pestaggio nel pub. Raccontò di essere andato alla ricerca di quell'altro, armato di coltello, per minacciarlo. L'altro non si era impressionato per niente, gli aveva riso in faccia offendendolo di nuovo e poi aveva cercato di disarmarlo. Fu durante la colluttazione che partí la coltellata. Una sola, il che deponeva a favore di una bassa intensità del dolo omicida. Nella prosecuzione delle indagini trovammo anche un testimone, che a sua volta confermò questa versione dei fatti.

UOMO GIOVANE Come è finita?

UOMO ANZIANO Fu condannato con il giudizio abbreviato. A quattordici anni, se non sbaglio.

UOMO GIOVANE Se lei non lo avesse convinto a confessare, non avreste mai risolto il caso.

UOMO ANZIANO Impossibile dirlo. Magari avremmo trovato lo stesso quel testimone, magari ne avremmo trovati altri. O magari sí, il caso sarebbe rimasto irrisolto. È difficile fare affermazioni categoriche, in questo campo: l'algoritmo dell'indagine non esiste.

UOMO GIOVANE Anche se quello che lei ha detto finora sembrava delineare proprio una specie di algoritmo investigativo.

UOMO ANZIANO Il lavoro investigativo ha un'essenza intrinsecamente paradossale. Richiede padronanza della tecnica e, insieme, consapevolezza del fatto che, spesso, i casi vengono risolti a prescindere dalla tecnica. Richiede senso delle regole, etiche e giuridiche, e, nello stesso tempo, sospensione di ogni giudizio morale.

UOMO GIOVANE Sospensione del giudizio. Sembra una categoria strana quando si parla di dare la caccia ai criminali.

UOMO ANZIANO Il lavoro dell'investigatore, poliziotto o pubblico ministero, si colloca su una linea di confine. Da un lato ci sono delle regole, non necessariamente giuridiche, che spesso, consapevolmente o inconsapevolmente, vengono violate. Ma senza le regole non c'è nessuna differenza fra guardia e ladro, tutto si riduce a una pura questione di rapporti di forza. Dall'altro lato c'è la tendenza, che abbiamo tutti, a esprimere giudizi morali sul comportamento altrui. Questa tendenza è ancora piú pericolosa di quella che spinge a violare le regole. I peggiori investigatori – quelli che fanno gli errori piú gravi e devastanti – si trovano nella categoria dei moralisti.

UOMO GIOVANE Perché?

UOMO ANZIANO Perché i giudizi morali offuscano l'intuito investigativo e la comprensione del crimine. E a volte mascherano aspetti inconfessabili della personalità di chi li formula.

UOMO GIOVANE Per esempio?

UOMO ANZIANO Per esempio un'attrazione torbida e non controllabile verso alcune delle cose orribili di cui dobbiamo occuparci.

UOMO GIOVANE Vuol dire che ci sono poliziotti con le stesse pulsioni criminali di quelli cui dànno la caccia?

UOMO ANZIANO Il problema non è averle o non averle. Tutti noi le abbiamo, le pulsioni criminali. Quelli che non lo sanno o non lo ammettono (e fra questi ci sono i moralisti) sono i piú pericolosi, perché, non essendo consapevoli, non hanno il controllo del meccanismo.

UOMO GIOVANE (*dopo una lunga pausa*) Il lavoro dell'investigatore ha un'essenza paradossale. È cosí che ha detto?

UOMO ANZIANO È cosí che ho detto.

UOMO GIOVANE Il paradosso del poliziotto. Forse ho già un titolo.

UOMO ANZIANO Il paradosso del poliziotto. Perché no?

La doppia vita di Natalia Blum

Cominciò tutto in una libreria, e direi che era naturale, come una metafora ben riuscita.

Di mestiere faccio il redattore in una casa editrice importante. Per la precisione, faccio l'editor. Una parola dai significati sfuggenti, se non siete addetti ai lavori. Beh, forse un po' sfuggenti anche se *siete* addetti ai lavori.

Comunque fare l'editor significa leggere i libri prima della pubblicazione, scoprirne i difetti, parlarne con gli autori, suggerire modifiche.

Significa contattare gli scrittori promettenti delle piccole case editrici, offrire loro soldi e ipotesi di gloria, e comprarceli. Quelli delle piccole case editrici, come potrete immaginare, non ci amano molto, per questo.

Significa cercare nuovi autori che valga la pena di pubblicare. È il sogno di ogni editor, anche di quelli senza piú troppe illusioni come me: scoprire almeno una volta nella vita un vero scrittore. Uno che abbia qualcosa di realmente nuovo da dire, e sia capace di dirlo con le parole giuste.

Nei ritagli di tempo ho scritto anch'io un libro, che si intitola *Come scrivere un romanzo e farselo pubblicare*. L'aspetto interessante della questione è che io non ho mai scritto un romanzo, ma nessuno sembra curarsene, e cosí, da quando ho pubblicato questa specie di manuale, mi capita di essere invitato a presentarlo qua e là, in librerie e circoli.

Non credo, francamente, che mi invitino per la grande

qualità dell'opera: mi invitano perché faccio l'editor in una grande casa editrice. Gli aspiranti scrittori vengono ad ascoltarmi e a comprare il libro perché vogliono conoscermi, rifilarmi un manoscritto e trovare una scorciatoia per la gloria letteraria.

Quella sera a Bari c'era piú o meno il solito pubblico. È una categoria variegata, quella degli aspiranti scrittori. Ci sono i normali, i depressi, gli ingenui, gli esaltati. I pazzi. L'appartenenza alla categoria può essere facilmente stabilita al momento degli interventi e delle domande. Il pazzo, per esempio, comincia sempre informandoti di avere già scritto una decina di romanzi e di non essere riuscito a pubblicarli solo perché il mondo dell'editoria è un sistema mafioso; prosegue spiegandoti che tu sei solo un ingranaggio di quel sistema; conclude sfidandoti a smentirlo con la pubblicazione del suo romanzo dal titolo – faccio per dire – *L'amante della mangusta*, che lui ti ha inviato ormai un anno fa in casa editrice, senza ricevere alcuna risposta.

Tu sorridi con espressione cortese e un po' demente, assicuri che farai ricerche per ritrovare il manoscritto di *L'amante della mangusta* e che ne affiderai subito la lettura a un tuo collaboratore. Poi passi la parola al prossimo, pregando che il tutto finisca presto e chiedendoti perché continui a fare di questi incontri.

Quella sera non c'erano pazzi, o se c'erano avevano deciso di non manifestarsi. In realtà c'era poca gente, molti posti a sedere erano liberi e nessuno dei presenti era particolarmente degno di essere notato, nel bene e nel male. A parte una bella ragazza bionda seduta da sola in una delle ultime file.

Recitai il copione consueto che ogni volta, piú o meno, ruota attorno a due questioni: se sia possibile insegnare (e dunque imparare) a scrivere; e come riuscire a farsi pubblicare.

Terminata la mia lezioncina, come al solito, seguirono le domande. Anche quelle sono piú o meno sempre le stesse: quanto nella scrittura c'è di creatività e quanto di duro lavoro; se si debba parlare di quello che si conosce o si debba esplorare l'ignoto; da cosa si parte per costruire personaggi credibili; qual è il segreto per scrivere dialoghi che funzionano. Cose del genere.

Terminato l'incontro, mi aspettavo che qualcuno – come succede quasi sempre – venisse a chiedermi se poteva parlarmi qualche minuto, e a mollarmi un manoscritto.

Quella sera non venne nessuno. La sala si svuotò rapidamente, e anche la ragazza bionda scomparve senza che neppure mi accorgessi di quando se n'era andata.

Cosí rimasi a chiacchierare ancora una decina di minuti con la direttrice della libreria, dissi che purtroppo non potevo fermarmi a cena perché avevo un volo da prendere, e me ne andai con una sensazione strisciante di disagio.

Uscendo dalla libreria pensai che per una città come Bari faceva davvero freddo, ma almeno aveva smesso di piovere. Mentre articolavo questi pensieri profondi mi sentii toccare un braccio.

– Scusi, posso parlarle un minuto?

La ragazza dell'ultima fila.

– Prego, dica pure.

– Sono sicura che quello che sto per dirle lo avrà già sentito un milione di volte. E sono sicura che ha già capito quello che sto per dirle. Se la sto importunando me ne vado subito.

Lo disse tutto d'un fiato, come una cosa preparata, per cui temeva di poter essere interrotta.

– Ma non mi sta importunando affatto, scherza? Mi dica.

Sentii un'enfasi e un'accelerazione nella mia risposta che mi irritarono: la mia tipica reazione quando mi trovo di fronte a una donna bella. La ragazza tirò un respiro lungo e buttò fuori l'aria, come se avesse superato la parte piú difficile della faccenda.

– Grazie, lei è davvero molto gentile. Ovviamente ho un manoscritto, questo lo avrà già capito.

– Fa freddo qui fuori. Che dice se andiamo a sederci da qualche parte, prendiamo un tè e ne parliamo con calma?

– Oh, mi piacerebbe molto, ma sto scappando. Sono già in ritardo.

Mi sentii a disagio, come uno che ha fatto una piccola volgarità, una cosa grossolana, un tentativo un po' squallido di sfruttare la situazione. Diventai rosso e provai un assurdo senso di gratitudine quando lei continuò a parlare, velocemente come prima, senza dare segno di averci fatto caso.

– È la prima parte del mio romanzo. Metà, piú o meno, e non so come andrà a finire. È come se tante cose girassero attorno a questa storia, nella mia testa e nella mia vita. E non so quali abbiano esattamente a che fare con la fine della storia. È come se la fine della storia dovesse accadermi, per poter essere raccontata. Non so come spiegarmi. Comunque sono centocinquanta cartelle di duemila battute ciascuna. Ci tengo a dirle, e giuro che non è un trucco per guadagnarmi la sua simpatia, che sono riuscita a cominciare solo dopo aver letto il suo libro e, nei limiti delle mie capacità, cerco di seguire i suoi suggerimenti.

Ebbi un moto di banale orgoglio, e subito dopo mi ricordai che io stesso non credevo a quasi nulla di quello che avevo scritto. Non fu una sensazione piacevole.

– Sul frontespizio ci sono tutti i miei dati. Glielo lascio, allora?

Lo presi, quasi sfilandoglielo dalle mani.

– Certo, me lo dia. Lo leggerò volentieri.

– Wow! Grazie. Mi ha cambiato la serata, e anche la settimana. Grazie. Adesso, come le ho detto, devo proprio scappare, sono già in ritardo.

Esitò un istante, mi diede un bacio sulla guancia e poi effettivamente scappò via.

Presi posto in aereo, poi tirai fuori dalla borsa il manoscritto.

La doppia vita di Natalia Blum. Titolo pretenzioso, mi dissi per un riflesso condizionato. E chi credeva di essere, la nipote di Joyce?

In realtà non suonava male, dovetti riconoscere dopo qualche istante. Mi infastidii per questa ammissione, per il riflesso condizionato e insomma per tutto. Non mi sentivo a mio agio.

Lessi i dati personali sotto il titolo, sulla prima pagina del manoscritto. Telefono, posta elettronica e ovviamente nome e indirizzo.

Natalia B. (stesso nome della protagonista del romanzo, di regola una cattiva idea, pensai; in quel caso però sembrava quasi una necessità) abitava in un quartiere di Bari chiamato Torre a Mare. Strano nome. Per uno come me, nato e cresciuto nelle periferie del Nord, anche vagamente esotico.

Magari potevo dare un'occhiata alle prime frasi. Naturalmente, come capita quasi sempre, le avrei trovate illeggibili, e allora avrei potuto buttare via quella roba con la coscienza a posto.

Ok, giusto qualche rigo.

Da tre anni faccio la puttana. Sono laureata in giurisprudenza e mio padre pensa che studi per diventare magistrato. È quello che aveva deciso per me dal momento in cui mi ha iscritta al liceo.

Io invece di giorno faccio la puttana e di notte scrivo.

Cazzo, mi dissi. Intendo che proprio pronunciai la parola. Non a voce alta, ma il signore seduto vicino a me di certo mi sentí ed ebbi l'impressione che mi guardasse male.

Cazzo.

Cominciai a leggere che l'aereo non era ancora decollato. Quando atterrammo ero a metà; lessi in taxi, lessi arrivato a casa, e all'una di notte avevo finito. La prima cosa articolata che pensai fu che volevo leggere il resto. E avevo fretta, volevo leggerlo subito.

Leggo i libri per mestiere e in questo senso sono come le puttane: faccio per soldi una cosa che, di regola, gli altri fanno per piacere. Ma anche alle puttane, a volte, accade di farlo per piacere e non per soldi.

La storia scritta da Natalia B. aveva ritmo e personaggi che balzavano rabbiosamente fuori dalle pagine. Era piena di musica – il tema del romanzo era il *Canone di Pachelbel*, che la protagonista ascoltava sempre, dopo aver ricevuto l'ultimo cliente e subito prima di mettersi a scrivere – di libri, di rabbia, di nostalgia. La nostalgia piú struggente, quella per le cose non accadute.

Siccome a quel punto non avevo sonno e non potevo mettermi a dormire, decisi di scrivere la scheda del romanzo. Insomma, del mezzo romanzo. La scrissi a penna, perché a casa non ho mai avuto un computer. Eccola.

«Nota per il direttore editoriale»

La doppia vita di Natalia Blum si muove, con costruzione complessa e ambiziosa, su differenti piani narrativi e stilistici. La trama principale è narrata in prima persona con la protagonista che racconta la sua doppia vita. Di giorno prostituta per scelta di ribellione contro un destino sociale e familiare in apparenza già segnato; di sera aspirante narratrice alle prese con un romanzo di formazione.

Vi è poi un ulteriore piano narrativo (caratterizzato dall'uso della terza persona e da un registro stilistico del tutto diverso) che attribuisce un connotato di forte suspense all'intera storia e che consente di collocarla, seppure in termini del tutto peculiari, nel genere noir.

Protagonista, spietato ma a suo modo affascinante, di questa vicenda è un ginecologo che conosce prostitute per via del suo lavoro (esse sono sue pazienti) e le uccide nel suo studio dopo aver praticato loro l'anestesia. Il singolare pregio di questa parte della narrazione sta nel senso di pericolo imminente che essa riesce a insinuare nel lettore.

Ci sono molte cose che lasciano sorpresi in questo libro.

In primo luogo la qualità della scrittura, anzi, *delle* scritture, che nel loro mutevole atteggiarsi fanno pensare per un verso ad Alice Munro e per altro verso a Patricia Highsmith.

La capacità di passare con stupefacente disinvoltura da un registro stilistico all'altro, lasciando però intatta la sensazione, quasi misteriosa, di un'identità di mano.

La capacità di raccontare con la stessa maestria le ansie e i fremiti di una ragazza che vede nella scrittura il suo destino, scabrosi temi sessuali, la paurosa normalità di una mente criminale.

La capacità di intrecciare vicende diversissime. In questo soprattutto vi è l'elemento di novità di *La doppia vita di Natalia Blum*. Una contaminazione armonica e sorprendentemente naturale di generi (il romanzo di formazione, la narrazione autobiografica, la letteratura sulla letteratura, il thriller) fusi con efficacia in un'opera nuova e originale.

Da pubblicare assolutamente.

Quella notte feci fatica ad addormentarmi, tormentato dai sogni angosciosi che a volte si materializzano al confine fra veglia e sonno.

La mattina dopo andai in ufficio e portai con me il manoscritto. Avevo un bel po' di lavoro da sbrigare, e invece rilessi *La doppia vita di Natalia Blum* dall'inizio alla fine.

Pensai che dovevo scriverle, immediatamente. Poi mi dissi che forse era meglio aspettare un po'. Sarebbe stato davvero fuori delle regole, appena il giorno dopo aver ricevuto il manoscritto. Che diamine, sono il famoso editor Marco Blasetti. Ho un sacco di cose da fare, non posso mica aver letto subito il manoscritto di una sconosciuta. E soprattutto non sono uno che ha bisogno di sapere come va a finire una storia.

Aspettare. Devi aspettare. Scrivile fra una decina di giorni, non di meno. Tanto per rendere chiare le gerarchie.

Date queste premesse, le scrissi un'e-mail nel pomeriggio. Non fu una cosa facile. La scrissi e riscrissi almeno dieci volte per trovare quello che mi sembrava il tono giusto.

Gentile Natalia,

nei ritagli di tempo ho dato un'occhiata al suo manoscritto. Mi sembra ci sia del materiale interessante, su cui chiaramente, al momento opportuno, si dovrà lavorare. Certo, per una valutazione piú accurata della possibilità di giungere a una pubblicazione è necessario che io legga tutto il romanzo. Ha già provveduto alla stesura della seconda parte dell'opera? In caso affermativo le suggerirei di mandarmela per consentirmi di redigere una scheda di lettura.

Con viva cordialità,

Marco Blasetti

Ho riletto quell'e-mail mentre prendevo appunti per raccontare questa storia: fa vomitare. Come capita, mi ero nascosto dietro l'immondo gergo burocratico per non esibire lo stupore, l'ammirazione e soprattutto l'impazienza di leggere il seguito.

Natalia mi rispose il giorno dopo.

Grazie, Marco (posso chiamarla Marco?), per aver letto cosí presto il mio lavoro. Non avrei mai creduto che potesse succedere.

Sto scrivendo il seguito. Essendo una dilettante non ho un vero metodo e quindi butto giú la storia come viene. Solo dopo la riscrivo in modo spero leggibile. Cerco di seguire i suoi consigli (quelli del libro, voglio dire) ma non sempre ci riesco. Insomma ho tutto il romanzo, escluso il finale, ma la parte leggibile è quella che le ho dato; fra qualche giorno però credo di avere pronto un nuovo capitolo.

Che dice, glielo mando? Magari in allegato alla posta elettronica?

Se le secca non c'è problema, spedisco per posta la stampa.

Graziegraziegrazie.

Quel *graziegraziegrazie* mi commosse. Un'emozione da adolescente, mi dissi, scrollando metaforicamente le spalle e cercando di darmi un tono.

E, sempre cercando di darmi un tono, risposi al messaggio. Con quello che mi parve un rilassato sussiego, la informai che non c'era bisogno che spedisse la stampa del capitolo. Poteva tranquillamente mandarmi un'e-mail. Non appena avessi avuto un minuto libero (giuro che scrissi questa idiozia) avrei stampato e letto il capitolo.

Con simpatia, chiudeva pateticamente la mia risposta.

Una settimana dopo arrivarono due nuovi capitoli, accompagnati da un'e-mail brevissima. Saluti e poco piú.

Nel secondo di questi capitoli Natalia Blum andava da un medico per una visita di controllo. E il lettore (cioè io), nel momento in cui questo personaggio appariva nel romanzo e nella vita della protagonista, si rendeva conto con un brivido di averlo già conosciuto.

Nello stesso romanzo.

Nella storia parallela raccontata in terza persona.

Risposi all'e-mail subito dopo aver letto i due capitoli. Cioè un'ora dopo aver aperto l'allegato.

Risposi in preda a un'inquietudine tanto assurda quanto inevitabile. Destino ridicolo, mi dissi, per uno che aveva passato la vita a manipolare i racconti altrui. Per uno che avrebbe dovuto conoscere l'ingranaggio dei racconti e le macchinazioni sottili che servono a ingannare il docile lettore.

Avevo un bel pensare queste cose, ma non riuscivo a sbarazzarmi dell'impressione paurosa che fra il romanzo e la vita di Natalia B. ci fosse una connessione diversa e piú tremenda di quella che abitualmente esiste fra la scrittura e la vita personale dello scrittore.

Non riuscivo a sbarazzarmi dell'impressione che la protagonista e l'autrice del romanzo fossero entrambe in pericolo mortale.

Cara Natalia,

ho ricevuto e letto con molto piacere i due nuovi capitoli del suo bel romanzo. Le confermo il giudizio positivo che già avevo espresso nella mia precedente e-mail.

Mi farebbe piacere scambiare due parole a voce sulla

narrazione, sui suoi sviluppi e, sin d'ora, sulla possibilità di proporle un contratto per la pubblicazione della sua opera.

Resto in attesa di una sua risposta.

Con i saluti piú cordiali,

Marco

Dopo aver schiacciato il tasto dell'invio mi sentii meglio. Come se avessi trovato la formula per scacciare l'inquietudine che mi aveva assalito e, dalla fascinazione insidiosa della finzione narrativa, fossi ritornato alla prosa rassicurante della vita quotidiana. Natalia mi avrebbe risposto subito, ne ero certo. Le avevo annunciato che volevo proporle un contratto di pubblicazione prima ancora che il suo romanzo fosse terminato. In sostanza: il sogno proibito di tutti gli aspiranti scrittori.

Mi avrebbe risposto subito, avremmo discusso degli sviluppi del romanzo, lei avrebbe continuato il lavoro sotto la mia sorveglianza, la creatura straordinaria e pericolosa che si muoveva dietro le quinte della sua scrittura sarebbe stata addomesticata. E, considerata la qualità del romanzo, avrei fatto un altro dei miei colpi editoriali.

Quella sera andai a una festa. Una ragazza con un grande seno e una vaga rassomiglianza con Senta Berger giovane mi si appiccicò chiedendomi come si fa a diventare scrittori, perché lei aveva un sacco di storie da raccontare e – testualmente – un grande potenziale interiore. Mentre diceva queste cose mi guardava con espressione carica di significati.

Che strano, mi dissi. Non mi passa nemmeno per la testa l'idea di invitarla a proseguire la serata da me. Avrei dovuto preoccuparmi e invece ne ebbi una specie di ebbrezza, simile a quella provata tanti anni prima quando mi innamoravo. Da ragazzino.

Dormii e feci sogni contraddittori. Euforia, mista a un senso spiacevole di imminenza. La mattina dopo, appena arrivato in ufficio, accesi il computer e controllai la posta. Di regola Natalia avrebbe già dovuto rispondermi. Trovai una decina di inutili e-mail, ma non la sua.

Perché un'aspirante scrittrice non risponde subito a un editor che le prospetta la pubblicazione del suo primo romanzo? Mi facevo questa domanda e non riuscivo a trovare una risposta plausibile.

Cosí tornai a pensare con inquietudine a quell'ultimo capitolo. A Natalia Blum che entrava nello studio del medico e a quello che poteva succedere dopo.

Per tutto il giorno controllai ossessivamente la mia casella di posta, e i due giorni successivi andarono allo stesso modo fino a quando, cercando una soluzione, mi dissi che forse la mia e-mail non era mai arrivata. Cosí decisi di inviarla di nuovo, con due parole e una piccola bugia di accompagnamento. Questa idea mi tranquillizzò di nuovo, un poco.

Cara Natalia,

qualche giorno fa le avevo inviato un'e-mail. Abbiamo avuto dei problemi con il server, e molte delle e-mail inviate dal nostro ufficio ci risulta non siano arrivate ai destinatari. Credo sia successo anche con lei, e quindi a questa mia allego la precedente. Aspetto sue notizie.

Molto cordialmente,

Marco

P.S. Forse potremmo lasciar perdere il lei, che dice?

Chissà se c'è ancora qualcuno che si beve la storia del «temo che il mio precedente messaggio non sia arrivato per problemi del server/problemi del computer/problemi del telefonino; per questo motivo te lo rimando». Tradotto vuol dire: non mi hai risposto; non ho abbastanza coraggio per chiederti chiaramente perché non lo hai fatto e peraltro muoio dalla voglia che tu mi risponda. Ti do un'altra possibilità e ne usciamo decorosamente tutti e due. Spero.

Comunque mi dissi: avrà avuto qualche problema a rispondere subito. Poi si è sentita in imbarazzo per questa piccola scorrettezza e non sapeva come fare, cosa dire. Con la mia e-mail la tiro fuori dall'impaccio, semplicemente.

L'indomani non mi rispose, e nemmeno il giorno dopo. Mentre scivolavo in un'angoscia insensata e incontrollabile, pensai a quando ero bambino e una mia zia – lo dicevano sottovoce, a casa, ma io ascoltavo tutto – era diventata pazza. Forse era una tara di famiglia. Avevo solo aspettato la scusa, l'occasione buona, per diventare pazzo anch'io.

Dopo tre giorni di crescente agitazione, in cui – mi parve – i colleghi avevano cominciato a guardarmi con aria strana, superai la mia patologica timidezza telefonica e provai a chiamarla. Inutile dire che il cellulare era spento, e spento rimase nonostante i miei tentativi, numerosi e, col passare delle ore, sempre piú frenetici.

Dopo essermi tormentato ancora per un paio di giorni mi convinsi che dovevo fare qualcosa di concreto. Campo – il fare qualcosa di concreto – in cui non sono mai stato troppo forte.

In ogni caso, dopo essermi spremuto il cervello, mi feci venire in mente Sicuteri.

Sicuteri era un mio compagno di scuola del liceo, e faceva l'ufficiale della guardia di finanza. Era l'unico appartenente alle forze dell'ordine che conoscessi abbastanza da chiedergli un consiglio e magari un aiuto.

Cosí telefonai al comando dove lavorava, me lo passarono con inattesa rapidità, e quando gli spiegai che avevo un problema di cui volevo parlargli, mi rispose che se era urgente potevo anche raggiungerlo subito in ufficio. Dissi che arrivavo, e dopo qualche minuto ero per strada alla ricerca di un taxi.

Mentre un appuntato bussava alla porta di Sicuteri e mi annunciava, ebbi un istante di panico.

Come si chiamava lui? Enrico o Ernesto? E se adesso sbaglio che figura di merda ci faccio? Sto rincoglionendo, è chiaro, perché... Ah, no. Ernesto si chiamava Tamborra. Rossi, Sicuteri, Tamborra, Travi.

– Ciao, Marco. Saranno almeno dieci anni che non ci vediamo, vero?

– Almeno dieci, sí. Ciao, Enrico.

Non trasalí, mi diede la mano sorridendo in modo naturale e tirai un sospiro di sollievo pensando che non mi ero sbagliato. Seguirono cinque minuti di convenevoli e poi, prima che fosse lui a chiedermi se comparivo dopo una decina d'anni al solo scopo di riepilogare un po' di ricordi liceali, gli spiegai il motivo della mia visita.

– Allora, diciamo che mi occorre una specie di consulenza...

– In che guaio ti sei ficcato?

– Nessun guaio. Il fatto è che...

Mi resi conto che non avevo idea di come mettere la questione. Dovevo dirgli la verità e passare per quello che ero? Cioè uno squilibrato in preda a un delirio allucinatorio, malattia terminale della cronica patologia – fortunosamente asintomatica, fino a quel momento – che mi aveva portato a occuparmi di scrittori e di storie.

Oppure raccontargli una fesseria che, non essendomi preparato ed essendo lui un professionista, avrebbe scoperto quasi subito, con conseguenze quantomeno imbarazzanti?

Optai per la verità. Con qualche omissione inevitabile.

– Tu sai che lavoro faccio, vero?

– Non saprei dire con precisione in cosa consiste ma, insomma, so che ti occupi di editoria, che lavori per...

– Esatto, e fra l'altro una parte del mio lavoro consiste nella ricerca di nuovi autori che valga la pena di pubblicare.

Sicuteri mi chiese se mi dava fastidio il fumo. Mi dà molto fastidio, ma gli dissi che non mi creava alcun problema. Lui si accese una sigaretta e mi fece cenno di continuare.

– Nelle scorse settimane ho ricevuto un romanzo molto buono. Sai, nella maggior parte dei casi, diciamo nella quasi totalità, ci arrivano delle porcate indescrivibili. Questo invece è molto buono ed è arrivato senza lettera di accompagnamento. C'erano soltanto l'indirizzo di posta elettronica, il numero di telefono e l'indirizzo dell'autrice.

Mi fermai qualche istante per guardare in faccia Sicuteri; per vedere come reagiva alla mia storia. Quasi vera. Lui mi guardava educatamente, aspettando che arrivassi al dunque. Ripresi a raccontare.

– Insomma, le ho risposto, le ho detto che il suo romanzo ci interessava, che la pregavo di inviarmi il resto.

– E lei?

– Ha detto che era contenta, anzi, entusiasta. Che è la reazione naturale di un aspirante scrittore a una notizia del genere che provenga da una casa editrice come la mia. E ha detto che mi avrebbe mandato il resto man mano che l'avesse scritto.

– E poi cosa è successo?

Per un istante fui tentato di dirgli tutta la verità. Cioè fui tentato di raccontargli quello che mi era passato per la testa nel leggere il manoscritto, e quello che mi passava per la testa in quel momento. Cioè il vero motivo per cui ero lí. Fui tentato di dirgli che temevo fosse successo qualcosa di brutto a Natalia B. Poi mi resi conto che avrei dovuto spiegare troppe cose, e in particolare che sospettavo di omicidio il personaggio di un romanzo. Cosí pensai che era meglio lasciar perdere.

– È successo che mi ha mandato due capitoli, e io le ho scritto dicendo che aspettavo il seguito e che comunque potevamo già discutere di un contratto di pubblicazione. Tieni conto che non è una cosa che capita tanto spesso. Diciamo che non capita quasi mai.

Sicuteri spense la sigaretta e si aggiustò nella poltrona.

– A questa e-mail non ha risposto. Il che è del tutto assurdo. Le ho scritto che volevo proporle un contratto. Lei è un'autrice mai pubblicata, cioè una non-autrice. E il romanzo non è finito, cioè è un non-romanzo. E noi siamo... insomma, ci sono autori che ucciderebbero pur di avere una proposta contrattuale da noi. E questa nemmeno risponde per dire: ah, fantastico, parliamone, roba del genere. Una cosa inaudita.

– Beh, chissà, magari non ha scritto niente. Magari ha avuto... come si chiama? Ah, sí, ha avuto il blocco dello scrittore. Magari l'hai scioccata con la tua e-mail e quella si è bloccata.

Era un'ipotesi plausibile, mi dissi sorpreso. Com'era possibile che non ci avessi nemmeno pensato?

– Certo, ci avevo pensato, – mentii. – È un'ipotesi improbabile, però. Non che abbia avuto il blocco, questo effettivamente è possibile. È improbabile che non si sia fatta viva, anche solo per mantenere un contatto. E poi io le ho scritto di nuovo, per chiederle come procedeva il lavoro; le ho scritto piú volte e non ho mai avuto risposta. Ho anche provato a chiamarla, ma il telefono è sempre staccato.

– Magari ha avuto un'offerta da un altro editore, l'ha accettata o vuole accettarla, e allora è in imbarazzo con te.

Nemmeno a questa possibilità avevo pensato. Tutta quella storia mi stava rincoglionendo?

Risposi mentendo di nuovo, in imbarazzo con me stesso.

– Appunto. È proprio quello che temo. Per questo ho bisogno di trovarla prima che il libro se lo prenda qualcun altro. Ammesso che la cosa non sia già accaduta.

Lui mi guardò per qualche secondo senza dire niente. Annuí, si accese un'altra sigaretta. Uno dei pochi che fumavano ancora, pensai. Ma non è vietato negli uffici pubblici? Poi mi guardò di nuovo, con espressione interrogativa. La domanda inespressa era: perché raccontavo a lui tutta quella storia? Volevo che scatenasse la polizia tributaria alla ricerca della scrittrice scomparsa Natalia B., o cosa?

– Sei l'unico a cui ho pensato di poter chiedere un consiglio. Non ho idea di come si possa ritrovare una persona.

– Beh, di regola dovresti rivolgerti a un investigatore privato. Ma prima ancora la domanda è: questa persona vuole essere ritrovata? Se non ti risponde, vuol dire che non vuole, e dunque...

– E se le fosse successo qualcosa? – Parlai quasi senza accorgermene. Dopo la cautela che avevo usato, alla prima obiezione avevo sparato fuori la vera ragione del mio interesse. Lui però non se ne accorse. Lo prese come un modo di insistere.

– Se le fosse successo qualcosa direi che non sarebbero affari tuoi. Se le fosse successo qualcosa sarebbe la sua famiglia, mamma, papà, marito, a doversene occupare. E poi perché dovrebbe esserle successo qualcosa?

Perché c'è in giro un medico assassino, non lo capisci?

Dovetti dominarmi per non dirla, quella frase. Tirai un lungo respiro, come di uno che cerca di capire la situazione. Annuii. Rimasi in silenzio ancora qualche secondo.

– Forse hai ragione, – ammisi. – In ogni caso, se volessi provare a trovarla, cosa mi suggeriresti?

Si strinse nelle spalle.

– Se continua a non risponderti vai sul posto... Hai detto che ti ha lasciato anche il suo indirizzo, vero? E prova a bussare a casa.

– Se tu dovessi cercare quella persona e a casa non la trovassi, cosa faresti?

– Se avessi un motivo legittimo farei un controllo anagrafico. Poi mi procurerei un provvedimento del magistrato e acquisirei i tabulati del cellulare, per verificare i contatti, per controllare se il telefono è ancora attivo.

– E questi tabulati si possono vedere solo con il provvedimento del magistrato? Non esiste un altro modo?

– Non esiste un altro modo legale, a meno che tu non sia il titolare dell'utenza –. Prese di nuovo il pacchetto delle sigarette, poi ci ripensò. – Premesso che questa conversazione non è mai avvenuta, se io fossi al tuo posto e avessi davvero bisogno di vedere quei tabulati, andrei da un investigatore privato. Alcuni di loro, commettendo una serie di reati dei quali tu, nel caso, saresti concorrente morale, sono in grado di procurarsi quello che vogliono.

Era quasi tutto, ma l'ultima domanda non sapevo proprio come farla. Ci eravamo già stretti la mano, l'avevo ringraziato per il suo tempo, eravamo davanti alla porta. Cercai di darmi un tono casuale.

– Ah, scusa. Giusto un'ultima cosa. Una curiosità, io non seguo molto la cronaca nera. Ti risulta che da qualche parte, al Sud magari, negli ultimi tempi ci siano stati omicidi di prostitute? Voglio dire, omicidi per i quali gli investigatori pensano a un serial killer?

Lui mi guardò con aria davvero perplessa, ora. Forse pensò che mi ero bevuto il cervello. E magari aveva anche ragione. Mi rispose con un tono leggermente diverso, circospetto, quello che si utilizza con i soggetti un po' disturbati dai quali non si vuole avere nessun ulteriore problema.

– Non saprei aiutarti. Faccio il finanziere, non ci occupiamo di questo genere di reati. Per via del mio lavoro posso saperne esattamente quanto te.

Dicendo cosí allungò la mano e aprí la porta, per non correre il rischio che quella conversazione continuasse ancora. Gli aveva fatto piacere rivedermi, una volta o l'altra dovevamo ritrovarci, magari con qualcuno dei compagni di classe. Sicuro, dovevamo, grazie di tutto e a presto.

A prestissimo, sicuro.

Sono completamente fuori di testa. Era la frase che mi ripetevo a intervalli regolari dopo aver chiesto e ottenuto da un direttore editoriale alquanto sorpreso una settimana di ferie per imprecisate ragioni di famiglia.

Sono completamente fuori di testa, mi dissi ancora mentre chiamavo l'agenzia di viaggi per comprare un biglietto (oggi stesso, sí, grazie, va bene anche l'ultimo volo, faccia sola andata, non so ancora quando rientro) per Bari; mentre prenotavo l'albergo; mentre facevo il bagaglio; mentre prendevo il taxi per l'aeroporto. Mi calmai solo in volo. Arrivai in albergo che era quasi mezzanotte. Andai a mangiare una pizza e mi resi conto con stupore che le strade erano piene di gente, anche se era un mercoledí. Tornai in albergo, dove crollai in un sonno profondo e inusuale per me che in albergo, se non mi riempio di ansiolitici, non dormo mai.

La mattina dopo, prima di mettermi in movimento, feci un ultimo tentativo con il cellulare. Magari lei mi rispondeva, mi spiegava, che ne so, che era stata all'estero e aveva lasciato a casa il telefono. Io facevo il disinvolto, dicevo che stavo chiamando da Bari perché c'ero venuto per lavoro. Le andava di fare due chiacchiere sulle prospettive del suo romanzo? Ah, ma non doveva scusarsi se non aveva risposto alle mie e-mail, era stato un periodo particolare, mi rendevo conto, non c'era problema.

Me la raccontai cosí bene quella conversazione immaginaria che componendo il numero ero pressoché certo che il telefono avrebbe squillato, che lei mi avrebbe risposto e che in un attimo il mio delirio si sarebbe dissolto.

Il telefono non squillò e mezz'ora dopo ero su un taxi che mi portava in questa località chiamata Torre a Mare, a qualche chilometro dal centro della città, dove – se non mi aveva dato un indirizzo falso – Natalia abitava.

O *aveva* abitato.

Il tassista non conosceva l'indirizzo che gli indicai, e questo non mi dispiacque. Mi sarei fatto lasciare da qualche parte – era una piccola frazione, un ex villaggio di pescatori, mi avevano detto, e quindi sarei potuto arrivare dappertutto a piedi – e avrei avuto il tempo di prepararmi psicologicamente all'incontro.

– Allora, dottore, che facciamo, proviamo a chiedere a qualcuno dov'è questo indirizzo?

– No, grazie, va bene qui. Scendo, mi prendo un caffè, chiedo informazioni e ci arrivo a piedi. Tanto Torre a Mare non è grande, vero?

Non era grande, confermò il tassista salutandomi davanti a un molo pieno di barche di pescatori e di piccole imbarcazioni da diporto.

Era una giornata invernale. Il cielo era coperto, c'era vento e faceva abbastanza freddo per quelle parti. Voglio dire, noi che abitiamo al Nord pensiamo che al Sud ci sia quasi sempre il sole e che la gente faccia il bagno da marzo a novembre. Quella era una mattina di fine novembre e, chiaramente, nessuno faceva il bagno.

A Torre a Mare, esclusa una piazzetta e un paio di stradine con negozi che, non so bene per quale motivo, mi ricordarono certi paesini della provincia portoghese, si respirava l'aria triste delle località di mare fuori stagione. Poca gente in giro per le strade, ville palesemente disabitate, ristoranti e chioschi sbarrati.

Entrai in un bar, presi un caffè e chiesi alla signorina che stava alla cassa se sapesse indicarmi il centro residenziale *Caribe*. Sapeva indicarmelo, anche se mi guardò con quella che mi parve un'ombra di sospetto quando le feci la domanda. Comunque venne fuori che non era cosí vicino come mi ero immaginato, e di conseguenza Torre a Mare non era cosí piccola come mi aveva detto il tassista.

Ci misi una ventina di minuti. Il centro residenziale *Caribe* aveva di certo conosciuto tempi migliori. Già dal grande cancello di ingresso ai viali dissestati si percepivano l'abbandono, la tristezza, il tempo passato senza dignità e finito nella polvere e nella ruggine.

Sulle colonne ai lati del cancello c'erano i citofoni. Molti dei pulsanti non avevano niente nella targhetta a lato; alcuni avevano numeri; alcuni nomi stranieri, asiatici e dell'Europa orientale; alcuni avevano scritte in caratteri antiquati, che mi parvero patetiche. *Famiglia Grandolfo*, era una di queste. Mi fece pensare a quando, forse negli anni Sessanta, il signor Grandolfo doveva aver comprato con orgoglio un bilocale nel complesso *Caribe*, vivendo quel momento come una fase della sua emancipazione sociale. Emancipazione che non c'era mai stata se a quarant'anni di distanza – e ammesso che fosse ancora vivo – andava a fare le vacanze estive in un posto cosí terribilmente triste.

Mi dissi che stavo divagando. Come al solito, peraltro.

Lessi tutti i nomi, ma quello di Natalia B. non c'era.

Mi stavo domandando come avrei potuto procedere – citofonare a qualche signore con nome filippino, o magari proprio alla famiglia Grandolfo, e chiedere di aprirmi il cancello perché cercavo una scrittrice che probabilmente faceva anche la puttana? – quando mi resi conto che di lato alla pulsantiera del citofono, seminascosto da qualche rampicante sconosciuto e selvaggio, c'era un cancello per il passaggio pedonale. Aperto.

Ebbi solo un attimo di dubbio (se qualcuno mi vede entrare che dico?), poi aprii il cancello con decisione ed entrai. Cercavo via delle Acacie, ma non era un'impresa facile, in totale assenza di segnaletica e di esseri umani per le strade.

Camminai per una decina di minuti, percorrendo vie dai nomi di piante e fiori, sulle quali si affacciavano giardini e cortili desolati. Finalmente incontrai due esseri viventi: un uomo anziano con un vecchissimo cane. Nessuno dei due sembrava socievole.

– Buongiorno, signore, posso chiederle un'informazione?

Quello – l'uomo, non il cane – emise una specie di grugnito.

– Sto cercando via delle Acacie, ma davvero non riesco a orientarmi. Me la saprebbe indicare, per piacere?

Eccesso di spiegazioni, tipico di chi non si sente a proprio agio. Il vecchio mi guardò per qualche secondo, e quando già temevo che mi chiedesse chi ero, cosa ci facevo lí dentro e magari minacciasse di chiamare i carabinieri, rispose con una voce greve di accento e arrochita da milioni di sigarette, ettolitri di birra a buon mercato, secoli di una vita simile al posto in cui eravamo.

Dovevo tornare indietro, disse, perché via delle Acacie era vicina all'uscita.

Anche se era troppo presto, aggiunse con il tono dell'uomo di mondo che parla al neofita un po' stupido. Per cosa era troppo presto?

Non cercavo le puttane? domandò con espressione leggermente dubbiosa, come se si stesse chiedendo chi fossi allora, se non un cliente dai bioritmi un po'alterati.

Ci pensai un attimo e non gli risposi. Feci solo un cenno col capo come a dire che no, non cercavo le puttane, e comunque non erano cazzi suoi. Poi mi voltai e andai verso via delle Acacie.

La palazzina, se possibile, aveva un'aria ancora piú malandata del resto del complesso.

Al pianterreno, su un balcone con la ringhiera da cui si era scrostato anche l'antiruggine, c'era della biancheria stesa ad asciugare. Sul citofono della palazzina c'erano numeri e solo un nome impronunciabile, quasi tutto di consonanti.

Nessuno passava per strada. Nessuno si affacciava ai balconi. C'era un senso di quiete e desolazione che aveva un che di assurdamente piacevole.

Dopo essere stato lí per una decina di minuti, sperando che qualcosa accadesse e mi togliesse dall'imbarazzo di decidere cosa fare, provai a suonare ai citofoni. Non rispose nessuno, ma dopo un minuto o due una signora dalla pelle nerissima e dall'età indecifrabile si affacciò al balcone della biancheria.

Amrita.

In *La doppia vita di Natalia Blum* c'era un personaggio secondario, una mauriziana di nome Amrita, amica della protagonista. La sua descrizione corrispondeva perfettamente alla donna che mi guardava sospettosa dal balcone, e fui sul punto di chiederle se si chiamava davvero cosí. Cosa volevo? Cercavo una ragazza che credevo abitasse in quella palazzina. Una delle puttane? Nel quartiere evidentemente non amavano i sinonimi o i giri di parole. Non lo sapevo se faceva la puttana, la cercavo perché – pensai in fretta a qualcosa di credibile e che mi consentisse di continuare a fare domande – dovevo consegnarle un atto del Comune.

– Tante ragazze abitano qui. Vanno, vengono, alcune qui solo fanno puttane e abitano da magnacci. Io lavora, non vede quasi mai. Meglio cosí, perché loro quasi tutte stronze. Puttane, – concluse, tanto per evitare equivoci sul suo punto di vista al riguardo.

– La ragazza che sto cercando è bionda, piuttosto alta, credo si chiami Natalia...

Amrita, o come si chiamava, cambiò espressione.

– Natalia... lei non stronza. Io non crede che lei è puttana. Lei gentile, parla con me, vuole sapere mie cose. Mia amica.

Certo che vuole sapere *tue* cose, la tua amica Natalia. Le servono per il libro. Gli scrittori sono tutti uguali.

– Può dirmi, per piacere, quando posso trovarla?

– Non vedo da molti giorni.

– Non viene qui da molti giorni?

– Sí.

– Ma ha traslocato?

Quella mi guardò con la faccia di chi non capisce. Il verbo traslocare non doveva essere incluso nel suo vocabolario.

– Sa se ha cambiato casa, se è andata a vivere da un'altra parte?

– Non viene piú qui.

– Voglio dire: ha portato via le sue cose, non so... mobili, libri, vestiti?

– Io non ha visto. Lei non viene piú.

– Ma ha un'idea di dove potrebbe essere andata? Ha un numero di telefono, un altro indirizzo?

– Io non ha niente.

Nel suo tono si avvertiva adesso una venatura di sospetto e d'impazienza. Si era un po' rilassata quando avevo fatto il nome di Natalia, ma adesso si chiedeva di nuovo chi fossi davvero, cosa volessi e per quale motivo dovesse rispondermi.

Mi sentii invadere da un'esasperazione sorda e dal desiderio di prendermela con lei, di fargliela pagare, in qualche modo. Per il fatto che non mi dava le risposte che volevo, per il fatto di non parlare bene l'italiano, per il fatto, semplicemente, di essere lí mentre la mia frustrazione cresceva. Dovetti fare uno sforzo per dominarmi e mantenere un tono calmo.

– Sa dirmi in quale appartamento abita Natalia?

– Dietro, piccola casa, piú piccola di mia.

– Ma da quando lei non si vede piú è venuto qualcuno per entrare in casa?

– Io non ha visto nessuno. Casa sempre chiusa, tapparelle chiuse, tutto.

– Non è che per caso lei ha una copia della chiave?

Adesso mi guardò con ostilità aperta.

– Tu carabiniere?

– No, no. Se lei avesse la chiave, – mi fermai un attimo a pensare ai congiuntivi, al lei che stavo usando e che quella sicuramente non capiva, – se *tu* avessi la chiave e potessimo solo dare un'occhiata...

– Io non ha chiave.

– O se magari conosci il proprietario...

– È meglio che tu va via, perché ora arrivano quelli.

Quelli erano due tizi che si erano avvicinati mentre parlavamo, senza che io me ne accorgessi. Albanesi, pensai guardandoli, qualche istante prima che uno dei due mi apostrofasse.

– Tu chi cazzo sei?

Che cosa si risponde a una domanda del genere, in una

situazione come quella? Piú tardi elaborai una serie di brillanti, possibili risposte. In quel momento balbettai solo qualcosa sul fatto che cercavo una ragazza. Quello mi disse che per le ragazze dovevo tornare la sera, e che per il momento me ne dovevo andare. Subito.

– Guardi, io non sto cercando una ragazza per... insomma... non voglio avere un rapporto, – giuro che dissi proprio cosí: non voglio avere un rapporto, – sto cercando una ragazza di nome...

Lo schiaffo arrivò senza che lo vedessi partire. A mano piena, sulla faccia e sull'orecchio. Non prendevo un ceffone cosí dai tempi del liceo, e mi ero scordato quanto fosse umiliante.

– Allora non capisci. Adesso vai via, subito. Se no ti spezziamo tutte le ossa, stronzo.

Rimasi lí qualche secondo, immobilizzato. Poi feci l'unica cosa sensata in quella situazione. Mi voltai e me ne andai.

L'investigatore privato era un signore sui sessant'anni. Sembrava uno di quei caratteristi che nei film di serie B fanno parti del tipo *vecchio truffatore* o, appunto, *investigatore privato disonesto*. Era piuttosto grasso, con un riporto imbarazzante e le dita gialle di nicotina.

Era il mio terzo tentativo. I primi due, quando gli avevo detto che mi occorrevano i tabulati di un telefono cellulare, mi avevano messo bruscamente alla porta, dichiarando che loro non facevano certe cose. Il signor Bernardi, ispettore di polizia in pensione, era meno incline a sottigliezze legalistiche e tendeva piuttosto a considerare l'aspetto economico della faccenda.

– Vede, caro signore, quello che lei mi chiede non è una cosa facile. Prima di tutto perché è illegale, lei lo sa, vero?

I tabulati di regola si possono prendere solo con un provvedimento del magistrato.

– Sí, sí, lo so. Le assicuro che non ho nessuna intenzione illecita, è solo che...

– Ah, ma io sono sicuro che lei ha delle ottime ragioni. Si vede chiaramente che lei è una persona perbene. È per questo che io la voglio aiutare. Ma deve capire che non è una cosa facile e soprattutto non è senza rischi. Per ottenere questi tabulati, ammesso che ci riusciamo, ci serve la collaborazione di qualche funzionario della compagnia telefonica.

– Beh, certo, mi rendo conto.

– E questa collaborazione, anche se si tratta di amici, non è gratuita. Potrebbe costare parecchio, e questo io devo dirglielo in anticipo, perché non vorrei...

– Quanto?

Quello assunse un'espressione pensosa, accarezzandosi il mento. Poi si accese una MS e buttò fuori il fumo con un sospiro.

– Lei mi è simpatico, voglio ridurre le spese al minimo, a costo di rimetterci io.

– E quindi?

– Lei vuole anche l'identificazione delle utenze con cui il numero che le interessa è entrato in contatto?

Ci misi qualche secondo a capire. Mi serviva sapere a chi corrispondevano i numeri di telefono che fossero venuti fuori su quei tabulati? Certo che mi serviva, risposi.

– Ah... – fece Bernardi, come se avesse ricevuto una brutta notizia. – Questo complica ulteriormente le cose.

– E dunque?

– Guardi, facciamo cinquemila, ma davvero sono quasi certo di andarci a rimettere. Le persone con cui devo parlare di sicuro vorranno di piú. Capisce, loro rischiano il posto di lavoro per una cosa del genere.

– Va bene, – risposi senza nemmeno pensarci. Lo dissi cosí rapidamente che quello, glielo si leggeva in faccia, dovette pensare di aver chiesto troppo poco.

Mi disse che dovevo pagarlo o in contanti o con assegni intestati a me stesso e poi girati. Duemila subito, il resto alla consegna. Aggiunse che per quella cifra poteva darmi i tabulati dell'ultimo mese. Dal modo in cui lo specificò capii che sperava gli chiedessi anche quelli precedenti, il che gli avrebbe consentito di chiedermi un sovrapprezzo. Ma a me l'ultimo mese bastava. Avrei visto le ultime chiamate, avrei capito con chi era stata in contatto Natalia e poi sarei andato a parlare con queste persone. Nemmeno per un istante mi passò per la testa l'assurdità del mio piano e di tutta la situazione. Compilai l'assegno e ci salutammo, d'accordo che mi avrebbe telefonato non appena avesse avuto i tabulati.

Quando mi sedetti di nuovo davanti a lui, due giorni dopo, Bernardi teneva una busta gialla fra le mani. Sembrava a disagio.

– Allora, ha quello che le ho chiesto?

Non mi guardò negli occhi. Poggiò la busta sulla scrivania, si accese un'altra MS e mi rispose solo dopo aver fatto due o tre tiri.

– Dottor Blasetti, prima di dirle cosa ho trovato, vorrei sapere per quale motivo le servono le informazioni che mi ha chiesto.

– Mi scusi, Bernardi, ma i patti non erano questi. Lei mi ha chiesto una cifra non proprio modica, diciamocelo, io ho detto che andava bene, le ho dato l'acconto e adesso sono pronto a saldare. Lei mi dia quello che le ho chiesto, io le do i soldi, me ne vado e fine della storia.

Quello non rispose. Fumò nervosamente il resto della sigaretta. La spense, schiacciandola in un posacenere di latta, sospirò e poi tirò fuori un foglio dalla busta gialla.

– Natalia B., si chiamava l'intestataria del numero che lei mi ha chiesto di controllare.

– Che vuol dire: si chiamava?

Bernardi sembrava un caratterista da film di seconda categoria, ma sapeva fare il suo lavoro e probabilmente era stato anche un bravo poliziotto. Si era procurato i tabulati e aveva fatto qualcosa di piú. Aveva verificato a chi era intestato il telefono e aveva fatto degli accertamenti anagrafici, per scoprire che Natalia B. era morta, a Bari, da meno di due settimane.

Mi sentii mancare, e mi resi conto, quando parlai, che la voce mi usciva in un filo.

– Oddio, è morta.

– Me l'ero immaginato che non lo sapesse. Istinto di vecchio sbirro, ma me l'ero immaginato.

– Come... come è morta?

– Questo non lo so, negli atti dell'anagrafe non c'è scritto.

– Ma è possibile che sia stata assassinata?

– Assassinata? Non credo proprio, cioè, non lo so, ma ne avrebbero parlato i giornali. Non che io legga molto i giornali, ma insomma... perché pensa che sia stata uccisa?

– Scusi, ho detto un'idiozia. È che sono... cioè, non me l'aspettavo...

Non trovai altre parole e cosí rimasi in silenzio, in balia di quello che stava succedendo.

– Mi dispiace, – fece quello dopo un poco. – Era una sua amica, o altro?

Non sono fatti tuoi, mi dissi. Come in trance cercai il portafogli, ne tirai fuori l'assegno del saldo che avevo già compilato e glielo allungai.

– Complicato da spiegare. Mi dia questi tabulati.

Prese l'assegno senza guardarlo, senza controllare se

era la somma pattuita. Questo dettaglio mi fece sentire in colpa per il mio tono scortese.

– Se glieli do cosí, senza spiegarle come leggerli, non credo che ci capirà niente.

Aveva ragione, dissi. Doveva scusarmi se ero stato un po' brusco, ma ero turbato. Lui mi rispose che comprendeva, girò attorno alla scrivania con i fogli e mi spiegò come interpretare quelle tabelle. Come capire se una telefonata era in entrata o in uscita dall'utenza esaminata; come controllare la durata e l'ora della comunicazione; come capire in che luogo si trovava l'apparecchio nel momento di ogni chiamata.

Ci volle un po', ma quando andai via portavo con me la conferma dei miei sospetti.

Nei tabulati c'erano alcune telefonate, in entrata e in uscita, con uno studio medico. E c'erano alcune telefonate, in entrata e in uscita, con un apparecchio cellulare intestato allo stesso medico titolare di quello studio.

L'ultima chiamata, il giorno della morte di Natalia, risultava proprio con quel cellulare.

Diventai pazzo. Tornava tutto, tutto si incastrava, tutto aveva senso. Un senso orribile, necessario, inevitabile.

Lasciai l'ufficio di Bernardi dicendomi che dovevo andare dai carabinieri e raccontare ogni cosa.

Durò poco. Cosa avrei potuto raccontare ai carabinieri? Che avevo scoperto un omicidio attraverso le pagine di un romanzo e procurandomi illegalmente i tabulati di un telefono cellulare? Ero certissimo di essere vicino a una verità orribile, e al tempo stesso privo di coordinate sui connotati di quella verità.

Fu naturale, allora, pensare che dovevo finire quel lavoro da solo, cosí come l'avevo cominciato. Pensai testualmente cosí, e immagino possiate capire che al momento mi sfuggiva la patetica pomposità delle parole che avevo scelto.

Avrei dovuto trovare quel medico e costringerlo alla confessione. Solo dopo sarei potuto andare dai carabinieri o alla polizia con un colpevole e una storia plausibile.

Comprai un registratore con un microfono sensibilissimo. Acquistai una pistola giocattolo che era la perfetta imitazione di una calibro nove semiautomatica. Noleggiai un furgone, localizzai lo studio dell'assassino e il pomeriggio del giorno dopo mi appostai vicino a quell'indirizzo, sull'altro lato della strada.

Per fare quello che dovevo.

È strano come in certi momenti di follia la mente funzioni con straordinaria lucidità ed efficienza.

Per essere certo di individuare il mio uomo, una volta nei pressi dello studio provai a telefonare. Alle prime chiamate nessuno rispose. Poi, verso le quattro, una voce di donna.

– Buonasera, studio medico.

– Buonasera, sono l'avvocato Lorusso, – il nome lo presi al volo dall'insegna di una salumeria lí davanti, – vorrei parlare con il dottore.

– Il dottore non è ancora in studio.

– Sa dirmi quando posso trovarlo?

– Guardi, avvocato, dovrebbe arrivare a momenti. Se ha bisogno di parlargli per qualcosa di urgente può lasciarmi il suo numero.

– No, no, grazie, non è urgente. Magari riprovo piú tardi. Buonasera.

Quando quello arrivò, una ventina di minuti dopo, lo riconobbi subito. Avrei potuto recitare a memoria la descrizione che c'era nel romanzo.

Un uomo piccolo e magro, dall'aria innocua e uno sguardo dolce dietro gli occhiali da miope. Aveva forse sessant'anni, e solo quando sorrideva un lampo di brutalità indecifrabile balenava nella sua espressione.

Tutto quadrava. L'uomo che arrivò ed entrò nel palazzo dopo avere aperto il portone con le sue chiavi era piccolo e minuto, aveva gli occhiali e, guardandolo dall'altro lato della strada, dimostrava appunto una sessantina d'anni.

Tutto quadrava. C'era solo una piccola differenza rispetto al libro. Il medico del romanzo era un ginecologo, questo – lo indicava la targa vicino al portone – era un neurologo. Un dettaglio, mi dissi mentre aspettavo. Piccole modifiche per la finzione narrativa.

Aspettai lí sotto per piú di cinque ore, tenendo la mano sul calcio della pistola, come fosse stata un'arma vera che dovevo essere pronto a usare in caso di emergenza.

Ogni tanto qualcuno entrava nel palazzo e io mi chiedevo chi fra quelle persone – fra le donne, in particolare – fosse diretto allo studio del mio uomo. Magari fra quelle donne c'era la nuova vittima designata, pensai con un brivido di eccitazione. Mi ero infilato negli ingranaggi di un destino romanzesco e mi accingevo a cambiarne il corso.

Poco prima delle dieci il medico uscí. Eravamo quasi in periferia, la strada era deserta, niente bar o ristoranti nelle vicinanze. Le condizioni ideali per fare quello che dovevo. Scesi dal furgone, aprii il portellone posteriore e attraversai la strada.

– Dottore, dottore? – dissi quando gli ero arrivato vicinissimo, alle spalle. Lui si voltò e io gli puntai la pistola in faccia.

– Vieni con me, stronzo.

– Vuole i soldi? – fece quello portando la mano verso

la tasca posteriore dei pantaloni. Gli diedi uno schiaffone con la mano libera.

– Vieni con me o ti ammazzo, stronzo –. Guardandomi attorno lo spinsi velocemente verso l'altro marciapiede e poi all'interno del furgone. Entrai anch'io, chiusi il portellone e poi gli diedi un altro schiaffo, perché non gli venissero idee sbagliate. – Se provi a gridare ti ammazzo, hai capito?

– Che cosa vuole da me? Forse ha sbagliato persona.

– Non ho sbagliato niente. Adesso ascoltami bene. Io ti farò delle domande e tu mi risponderai, facendo bene attenzione a non dire cazzate. Prova a dirmi bugie e io ti ammazzo senza pensarci un secondo, chiaro?

Lui non disse niente. La sua faccia era invasa dalla paura e soprattutto da uno stupore assoluto. Uno stupore che sembrava impossibile da simulare. Fu quello che pensai in quel momento, con un senso di disagio che dovetti ricacciare via a forza, costringendomi ad andare avanti. Cosí, prima di parlare di nuovo, gli puntai la pistola all'altezza del viso e armai il cane con il pollice.

– Adesso voglio che mi racconti esattamente cosa hai fatto a Natalia. Se mi dici una cazzata ti sparo in testa.

– Cosa ho fatto a Natalia?

Le cose non stavano andando come mi ero immaginato.

Non è che avessi pensato di ottenere subito una confessione, ma ero certo che subito avrei letto i segni della colpa nei suoi occhi e nella sua espressione. Sapevo che ottenere una confessione sarebbe stato difficile, ma non mi aspettavo di trovarmi di fronte a quello stupore cosí totale.

Fu quella espressione che mi fece riprendere contatto con la realtà, credo.

E riprendendo contatto con la realtà fui colto dal panico. Cosí, per darmi coraggio, perché non sapevo cos'altro fare, gli diedi ancora uno schiaffo.

– Cosa le hai fatto, pezzo di merda? – Sentivo l'insicurezza nella mia voce. Probabilmente la sentí anche lui.

– La prego, non faccia sciocchezze. Lei non ha capito bene qual era la malformazione di Natalia. Nessun medico poteva salvarla.

La malformazione?

– Quale malformazione?

Quello rispose parlando in fretta, come per approfittare di un'occasione; per evitare che ritornassi alla pazzia e ricominciassi a picchiarlo.

– Natalia aveva una malformazione vascolare cerebrale. Un difetto congenito grave. L'avevo operata, due anni fa, ma questo non la metteva al sicuro, con quel tipo di patologia. Questo incidente poteva succedere in qualsiasi momento, come poteva anche non succedere mai. Lei lo sapeva di essere in bilico. Nessuno può dire veramente come e perché sia avvenuto. Voglio dire che non sapremo mai la causa finale dell'emorragia. Uno stress, uno spavento, anche una gioia improvvisa.

Una gioia improvvisa. Quelle parole mi fecero pensare, gelandomi il sangue, all'e-mail con cui le avevo proposto la pubblicazione.

– Lei viveva con questa bomba a orologeria dentro di sé. Lo sapeva. E del resto, – aggiunse come se quella verità l'avesse trafitto, inattesa, – ce l'abbiamo tutti, un congegno a orologeria. Solo il funzionamento è diverso.

Lasciai cadere le braccia che erano diventate pesantissime. Mi stavo svegliando da un sogno. Con le parole del medico la realtà delle cose riprendeva il sopravvento sul mondo fantastico che mi aveva intrappolato fino a quel momento. Non so quale dei due fosse piú brutale e angoscioso.

– Quando ha avuto l'attacco e mi ha telefonato, era per strada. Sono corso lí subito, dopo aver chiamato l'ambulanza, ma quando siamo arrivati era già tardi. Non c'era piú niente che potessi fare.

Rimanemmo in silenzio l'uno di fronte all'altro, per un tempo indefinito. Poi finalmente ritrovai un filo di voce.

– Io... io... mi scusi. Non so cosa mi ha preso, ero impazzito. Adesso andiamo al pronto soccorso e poi dai carabinieri, lei mi denuncia e io confermo tutto. Non so cosa mi ha preso.

Gli porsi la pistola, in un gesto di resa. Lui la spostò di lato, con cautela.

– Stia attento, può partire un colpo.

– È finta, è un giocattolo.

Spalancò gli occhi e sembrò sul punto di dire qualcosa. Poi si massaggiò il lato del viso su cui l'avevo colpito tre volte. Mi guardò scuotendo leggermente il capo e alzando appena le spalle.

– Lasci perdere i carabinieri e vada a casa. Anche a me manca molto, Natalia. La conoscevo da quando era bambina, era una persona straordinaria, in tutti i sensi. Lo so che è una cosa banale, ma per me era come una figlia.

Finí di parlare, mi poggiò la mano su un braccio e me lo strinse, in un gesto di solidarietà che non meritavo. Poi cercò la maniglia del portellone, lo aprí e andò via.

Non so per quanto tempo guidai senza meta per strade sconosciute, con la testa che funzionava come se avessi fumato un'erba particolarmente buona e forte. Non riuscivo a seguire i pensieri. Si formavano, io cercavo di afferrarli, di metterli in parole, e quelli schizzavano via, in posti dove non ero capace di arrivare.

Ricordo che a un certo punto mi sovvenne che avevo una cosa da fare. Accostai il furgone, tirai fuori dalla tasca il registratore che non avevo nemmeno messo in funzione e lo schiacciai sotto il tallone, due, tre, quattro volte.

Poi lo buttai in un cassonetto assieme alla pistola e tornai alla guida.

Forse mezz'ora dopo, senza sapere come, arrivai davanti al mare e fu lí – seduto su uno scoglio – che cominciai a riprendere il controllo dei miei pensieri.

Nel mio libro c'è un capitolo dedicato alla costruzione dei personaggi. Mi tornò in mente mentre ero seduto su quello scoglio. Rammentai alcune frasi, inattese come una rivelazione.

Fra i metodi usati da alcuni scrittori per creare personaggi interessanti, ce n'è uno che prediligo: prendere qualcuno dal mondo reale e farlo agire, nel mondo narrativo, in modo completamente opposto rispetto alla sua vera indole. Allora provate a individuare una persona dai comportamenti moralmente discutibili nella vita reale, portatela nel mondo romanzesco e fatela agire in modo etico o addirittura eroico. O al contrario: prendete una persona buona (qualunque cosa significhi davvero questa definizione) e attribuitele nella vostra storia il ruolo dell'eroe negativo. Questo consente di produrre contaminazioni imprevedibili e dunque personaggi ricchi di sfaccettature.

Alle parole che io stesso avevo scritto si mescolò la voce di Natalia, come mi sembrava di ricordarla in quel nostro breve incontro.

Ci tengo a dirle, e giuro che non è un trucco per guadagnarmi la sua simpatia, che sono riuscita a cominciare a scrivere solo dopo aver letto il suo libro. Nei limiti delle mie capacità, cerco di seguire i suoi suggerimenti.

Mi parve per un istante di cogliere una verità, o almeno un significato, nelle sue e nelle mie parole insieme.

Mi parve, ma forse era solo una maniera di prendere congedo.

Era il momento di tornare a casa, mi dissi mentre una luce pallida cominciava a mostrare la linea dell'orizzonte, sul mare.

La forma delle nuvole

Stavo leggendo per cercare di rilassarmi, di alleggerire l'inquietudine di quelle ore. La tensione cresceva con l'avvicinarsi della partenza. Le ultime notti avevo dormito poco e male e forse fu per questo che, senza preavviso, senza rendermene conto, passai dalla lettura al sonno. E sognai.

Viaggiavo in macchina, su un'autostrada deserta e non sapevo dove fossi diretto. Sulle prime la cosa non mi preoccupava: ben presto, pensavo, avrei incontrato dei segnali stradali, avrei capito dov'ero e soprattutto mi sarei ricordato perché ero partito. Ma su quell'autostrada non c'erano segnali e nemmeno altre auto. Allora venivo preso dalla tristezza, perché capivo che in quel viaggio non c'erano né partenza né destinazione. Poi, a un certo punto, guardando nello specchietto retrovisore, mi accorgevo di una grossa macchina scura, con un lampeggiante e una sirena. Arrivò vicinissima, fin quasi a tamponarmi, e la sirena, sempre piú rabbiosa, mi lacerava le orecchie.

Sbarrai gli occhi e ci misi ancora parecchi secondi prima di trovare tentoni la sveglia e farla smettere di suonare.

Un'ora dopo ero in autostrada, questa volta nel mondo reale, in viaggio verso la mia nuova vita. Prendere la decisione non era stato facile ma, se il futuro cui andavo incontro avesse mantenuto le sue promesse, in pochi anni sarei stato un uomo ricco, pensavo. Cos'avrei fatto di quella possibile ricchezza era meno chiaro, ma il problema me lo sarei posto al momento opportuno, mi dissi inserendo nel lettore il Cd di *Highway 61* e lasciando che, dopo qualche istante, le note di *Like a Rolling Stone* invadessero l'abitacolo.

Guidavo tranquillo ad andatura regolare e, come capita in autostrada, cominciai ad avvertire una specie di trance, simile a quella che si prova disegnando, o inseguendo un'idea nuova. Il tempo perse consistenza mentre la percezione si amplificava. I colori – della campagna, del cielo, delle nuvole – diventarono piú intensi, le parole e il ritmo della musica piú carichi di significato, le forme del paesaggio piú nette e, in un paradosso solo apparente, mutevoli.

Mi fermai a una stazione di servizio solo quando mi resi conto che la lancetta del carburante era ormai arrivata vicino alla tacca della riserva. Dopo aver fatto rifornimento andai a prendermi un cappuccino e una fetta di crostata. Non so perché ma il mio ricordo piú vivo è proprio di quella colazione tardiva: mi sembra di sentire ancora adesso la pasta frolla sbriciolarsi sotto i denti e il sapore della marmellata di amarene che si mescola alla schiuma dolce del cappuccino.

Ero appena uscito dal bar quando sentii uno scoppio di voci concitate.

Vicino alla zona di sosta per le vetture c'erano due tizi piuttosto grossi che litigavano con un ragazzo e una ragazza. In realtà «litigavano» non è la parola esatta. Uno dei due aveva inchiodato al muro il ragazzo, stringendogli il collo, l'altro teneva ferma la ragazza, che gridava e chiedeva aiuto.

Nessuno si sognava di intervenire. Qualcuno guardava la scena, a distanza. Qualcuno si affrettava a raggiungere la propria auto fingendo di non accorgersi di nulla. Per qualche istante ebbi la sensazione che nella fisionomia dei due teppisti ci fosse qualcosa di stranamente familiare. Mi avvicinai, cercando di vincere l'impulso a farmi anch'io i fatti miei.

Fu in quel momento che vidi il vecchio. In realtà non aveva nulla di senile nella figura e nel portamento. Era alto e asciutto, ma non magro.

Capelli bianchi, e cortissimi; barba uguale. La faccia colorita e sana di chi ha sempre vissuto all'aria aperta e continua a farlo, nonostante l'età. Indossava jeans, una camicia di flanella a quadri e un giubbotto di pelle invecchiata. Portava un borsone a tracolla su una spalla. Guardandolo riconobbi la stessa, surreale sensazione di familiarità che avevo provato guardando i due.

– Per piacere, smettetela e andate via, – disse, toccando sulla spalla quello che stava malmenando il ragazzo. Il tono era cortese, come se stesse chiedendo di spostare un'auto che ostruiva il passaggio.

– Tu chi cazzo sei? – ringhiò il tipo, lasciando il ragazzo e girandosi.

L'uomo non rispose. Rimase lí, stringendosi appena nelle spalle.

– Vattene, nonno. Sei troppo vecchio, nemmeno mi diverto a spaccarti la faccia.

L'altro poggiò il borsone per terra, come per non essere intralciato nei movimenti. Io feci un passo avanti. Non ne avevo nessuna voglia, ma a quel punto sembrava inevitabile intervenire.

– Va bene, come vuoi tu, – disse il balordo, e fece partire uno schiaffo. Il movimento era quasi noncurante, come di chi voglia sbarazzarsi senza sforzo di un molesto contrattempo. La scena che seguí non è facile da descrivere, perché mi parve insieme velocissima e come al rallentatore.

La rivedo precisa nella memoria e al tempo stesso non riesco a decifrarne i singoli passaggi.

Il vecchio schivò lo schiaffo con un movimento aggraziato. Forse afferrò la mano del teppista, forse lo colpí, forse si limitò ad assecondare il suo slancio scomposto. Fatto sta che l'altro cadde rovinosamente, senza capire cosa gli era successo. Il secondo a quel punto lasciò andare la ragazza – che nel frattempo aveva smesso di gridare, stupefatta come tutti per quello che stava accadendo – e si lanciò verso il vecchio.

Di nuovo una schivata, ancora piú rapida, quasi un baleno di luce; forse un colpo con la mano aperta, ma l'azione fu troppo veloce perché riuscissi a distinguerne i dettagli. Anche il secondo cadde a terra rovinosamente.

I due si alzarono e ci riprovarono. Senza successo. Un combattimento rituale. I movimenti dell'uomo erano cosí veloci ed eleganti che sembrava quasi che i due gli passassero attraverso, come se lui non avesse consistenza materiale.

Ho fatto arti marziali per anni, ma non avevo mai visto una cosa simile in vita mia.

I due se ne andarono, uno di fianco all'altro, come due arlecchini bastonati. Il ragazzo e la ragazza balbettarono qualche parola di confuso ringraziamento e andarono via anche loro.

Io rimasi lí, cercando di elaborare il mio stupore.

– Sta ripartendo? – mi chiese il vecchio, con un accenno di sorriso.

– Scusi?

– Le chiedevo se si sta rimettendo in viaggio.

– Sí, – risposi, e poi, come se fosse necessario dare qualche spiegazione: – Mi sono fermato per la benzina e per prendere qualcosa al bar, ma adesso riparto. Ho ancora parecchia strada davanti.

– Posso chiederle un passaggio?

Non risposi subito. Forse mi aspettavo che aggiungesse qualcosa. Per esempio: che spiegasse come mai chiedeva un passaggio in un autogrill. Cioè come ci era arrivato, e dove voleva andare. Ma lui non aggiunse nulla.

– Certo, – dissi infine, indicando la direzione per raggiungere la mia auto.

Sedeva composto con le mani grandi e muscolose, appoggiate sulle gambe. Mi ricordavano quelle di un contadino incontrato nella mia infanzia remota. Non so esattamente dove e quando. Nemmeno riesco a mettere a fuoco la faccia di quel contadino. Ho solo questa immagine di lui che prendeva un'arancia, con quelle mani che sembravano di cuoio, e senza sforzo la spaccava in due. Gli spicchi succosi brillavano sulla pelle bruna, come fossero dotati di luce propria.

– Ovviamente lei è un esperto di qualche arte marziale.

– Si intende di arti marziali?

– Ho fatto karate per parecchi anni.

– Perché ha cominciato?

– Due balordi che venivano alla mia scuola mi avevano preso di mira, io volevo imparare a difendermi e... – mi interruppi bruscamente.

Ecco perché i due teppisti di poco prima mi erano parsi familiari.

Assomigliavano moltissimo – ovviamente invecchiati di una quindicina di anni – a quei due, che erano stati la mia ossessione per un intero anno scolastico. Se la cosa non mi fosse sembrata totalmente assurda, avrei detto che erano proprio loro.

– Cosí decise di imparare a difendersi. Si allena ancora?

– No, ai tempi dell'università ho smesso. Non ce la facevo con lo studio.

– Peccato. Dovrebbe riprendere. Certe cose, nelle arti marziali, si capiscono solo quando si diventa un po' piú vecchi. Cosa studiava?

– Fisica.

– Ah, e adesso cosa fa?

Feci un respiro profondo. Forse raccontare tutta la storia a un estraneo era quello che ci voleva per allontanare gli ultimi dubbi. Mi resi conto che appena toccato l'argomento, avevo accelerato involontariamente oltre il limite di velocità consentito. Rallentai prima di rispondere.

– Ero un ricercatore ma ho accettato un'offerta molto vantaggiosa da una grande società finanziaria. Vado a lavorare da loro.

– Interessante. Come mai una società finanziaria decide di assumere un fisico? – La domanda aveva una strana intonazione, come se lui non fosse davvero interessato alla risposta. Come se la conoscesse già.

– Molte categorie della fisica teorica, in particolare della fisica statistica, si adattano perfettamente alla lettura dei mercati finanziari e alla previsione dei loro comportamenti. Non sappiamo perché ma è cosí. I fisici teorici sono molto ricercati nel mondo della finanza.

– Una buona cosa, dunque.

– Sí, certo.

– Non sembra del tutto convinto.

Erano settimane che riflettevo su quella decisione; prenderla non era stato facile, anzi diciamolo: era stato molto penoso per molte ragioni. Non avevo voglia di ritornare sui miei passi.

– No, sono convinto.

Lui annuí di nuovo.

– Di cosa si occupava, esattamente, come ricercatore?

– Studiavamo la possibilità di realizzare un computer di nuovissima concezione, diverso da qualsiasi cosa esista oggi...

– Il computer quantistico, – m'interruppe lui.

Il computer quantistico non è una nozione comune. Anche solo riuscire a immaginarlo è complicato. Sfruttando alcune caratteristiche paradossali della materia infinitamente piccola permetterà di sviluppare una potenza di calcolo che adesso nemmeno riusciamo a concepire: sarà in grado di fare, in pochi secondi, dei calcoli che anche al piú potente dei computer di cui disponiamo oggi richiederebbero centinaia, se non migliaia di anni.

Fuori dal campo stretto degli addetti ai lavori è un concetto sconosciuto. Che ne sapeva lui?

– Perché abbandona la ricerca per andare a lavorare nel mondo della finanza? – domandò, interrompendo il flusso dei miei pensieri.

– Mi pagano cinque volte di piú il primo anno; dieci il secondo. Poi ricontratteremo le condizioni.

– Ah, certo, è un'ottima offerta –. Parve sul punto di dire altro e invece rimase in silenzio. Nessuno dei due parlò per almeno dieci minuti. Alla fine fui io a cedere.

– Mi sembra perplesso.

– Ha ragione. È che la sua storia mi ha ricordato un episodio della mia vita, quando avevo, piú o meno, la sua età. Anch'io mi trovai a dover fare una scelta, a dover prendere una decisione.

Avrei voluto chiedergli che scelta aveva fatto, che decisione aveva preso. D'un tratto mi pareva importante, per capire. Ma il modo in cui aveva chiuso la sua frase diceva che l'argomento era esaurito.

– Ha già dato le dimissioni dall'università?

– Sono in aspettativa. Ma nei prossimi mesi, una volta sistemato tutto con il nuovo lavoro, darò le dimissioni, sí.

– Allora fa ancora in tempo a cambiare idea.

– No, non credo. Ci ho pensato a lungo e ormai ho deciso.

Mi accorsi della nota di tensione che vibrava nella mia voce.

– Certo, è un peccato.

– Perché?

– Fra una decina di anni avremo i primi computer quantistici. Fare parte di questa scoperta sarà straordinario, per chi ci sarà.

– Come fa a dire: fra una decina di anni?

– Cosí, una congettura.

La strada scorreva regolare. Il paesaggio cambiava come obbedendo agli ordini di una regia che volesse suggerire significati nascosti.

– Secondo lei non avrei dovuto accettare l'offerta?

Non rispose subito. Si frugò nelle tasche del giubbotto e ne tirò fuori un taccuino e una penna. Appuntò qualche parola.

– Cosa sognava di fare, da ragazzo?

– Lo scienziato. Quando ero piccolo mi piacevano le nuvole, ne andavo pazzo, e allora dicevo che avrei fatto il meteorologo. Perché appunto volevo studiare le nuvole, e cosí avrei capito il segreto delle loro forme. Poi scoprii di essere bravo in matematica e fu abbastanza naturale studiare fisica.

– C'è una poesia di Baudelaire, che parla di nuvole e viaggiatori. Dice qualcosa del genere: «I veri viaggiatori partono per partire, e basta... i loro desideri hanno la forma delle nuvole».

Non dissi nulla, perché quelle parole mi spezzarono il cuore di nostalgia e di rimpianto.

Il sole era tramontato da un po'. Stava calando la sera e il cielo azzurro cupo era pieno di grandi, misteriose nuvole bianche. Non gli avevo chiesto dove voleva che lo accompagnassi. Questo mi fece pensare che, comunque, presto ci saremmo separati e il pensiero mi rese triste.

– Lei crede che io abbia sbagliato ad accettare quella proposta, vero?

– Sarebbe bene che ci fermassimo per riposare. Lei è stanco, e non è prudente guidare per troppe ore di seguito, – disse lui per tutta risposta.

Cosí ci fermammo in un'area di servizio deserta e le auto che sfrecciavano sull'autostrada sembravano entità astratte. Tutto sembrava astratto, e sospeso sull'orlo del tempo.

– C'è un libro di Bertrand Russell che si intitola *La conquista della felicità*. Lo conosce? – mi domandò.

– L'ho sentito nominare, ma non l'ho letto.

– Dovrebbe. Russell era stato un uomo molto infelice. Diceva di avere spesso pensato al suicidio, durante l'adolescenza, e di avere scartato l'idea solo perché desiderava vivere per studiare la matematica. Probabilmente scrisse quel libro per cercare di alleviare la sua infelicità, prima che quella degli altri.

Si interruppe e scrisse qualche altra cosa, come se gli fosse venuta un'idea improvvisa e non volesse rischiare di perderla. Poi appoggiò il taccuino e la penna sul cruscotto.

– Insomma, in questo libro lui dice che per essere felici si dovrebbe scegliere il proprio lavoro come se il denaro non esistesse.

Nella penombra mi parve che la sua fisionomia diventasse evanescente, quasi perdesse consistenza. Fuori balenò una lama di luce, simile a quella di qualche ora prima, durante lo scontro con i due teppisti.

– Lei è d'accordo con questa idea?

– Buona domanda. Qualcuno ha detto che se il denaro non fa la felicità, la mancanza di denaro può facilmente fare l'infelicità. Cosí non mi sento di giudicare una scelta motivata da un'ottima prospettiva di guadagno.

– Riformulo la domanda: lei cosa avrebbe fatto al mio posto?

– Cosa farei al suo posto, è la domanda giusta. Mi pare che la sua decisione non sia ancora irrevocabile. A me piacerebbe partecipare a una grande scoperta scientifica. Avrei proprio voglia di essere lí, quando accadrà. Sognavo una cosa del genere sin da quando ero bambino.

– Ma lei cosa fa?

– Altra ottima domanda. Temo che dipenda da lei, cosa avrò fatto.

– Cosa avrò fatto? Che vuol dire?

Non rispose. Rimase in silenzio, a lungo, e a un certo punto mi parve si fosse quasi assopito. Intorno alla macchina altri bagliori, simili a quelli di prima, di cui non si capiva la provenienza, né la causa.

– Ma cosa sono queste luci? – chiesi, persuaso che non mi avrebbe risposto.

– Significano che il mio tempo sta per scadere. Da dove vengo, incursioni come questa sono concesse, ma solo in casi eccezionali. E non possono durare a lungo –. Ancora una volta quell'impressione di evanescenza. Il suo viso pareva fluttuare nell'oscurità, e mescolarsi a essa.

– Io non capisco quello che dice.

– Adesso dorma. È molto stanco e, qualunque cosa decida, domani le toccherà guidare a lungo.

Cosí dicendo, mi toccò una spalla. Quasi all'istante fui

avvolto da un torpore invincibile e sprofondai delicatamente nel sonno.

Mi svegliai all'alba. L'uomo non c'era e nemmeno c'era il suo borsone. Uscii dall'auto e ispezionai, ma c'era poco da ispezionare. Era una normale area di servizio: alcune panchine, una tettoia, un prato che finiva con un recinto. Dall'altra parte c'era l'autostrada. Il posto era deserto, come la sera prima.

Rientrai in macchina, non avendo la minima idea di cosa fare o di cosa pensare. Fu allora che vidi il taccuino, sul cruscotto.

Lo aprii, sperando di trovare un indirizzo, un nome, un numero di telefono. Non c'erano indirizzi, nomi o numeri di telefono. Invece c'era un racconto, scritto con una grafia nitida, familiare e inquietante. Mi ci volle qualche secondo per rendermi conto che era identica alla mia. Era la mia.

Lessi tutta la storia fino a questo punto. Rimaneva una sola pagina bianca: l'ultima. Mi sentii invadere da una frenesia allegra, da un senso di consapevolezza euforico. Misi in moto, ripresi l'autostrada e al primo svincolo invertii la direzione di marcia, mettendomi in viaggio verso casa. Pensai che, dovunque fosse in quel momento, il vecchio sarebbe stato contento.

Il cielo davanti a me era grandioso di azzurro e di nuvole.

Nota al testo.

Le citazioni della poesia di Anna Achmatova alle pp. 5 e 15 sono tratte da *Il nostro sacro mestiere*, in *Poesie*, trad. di Raissa Olkienizkaia Naldi, Nuova Accademia, Milano 1962.

I versi citati a p. 6 sono tratti dalla canzone *In My Defence* di Dave Clark, David Soames e Jeff Daniels, interpretata da Freddie Mercury per il musical *Time* (Spurs Music Publishing Ltd), rappresentato per la prima volta a Londra nel 1986.

La citazione di Baudelaire a p. 206 è tratta da *Le voyage*, in *Les fleurs du mal*, Poulet-Malassis et de Broise, Paris 1861, traduzione dell'autore.

Nota editoriale.

I racconti del presente volume sono stati pubblicati in *Non esiste saggezza*, Rizzoli, Milano 2010, a eccezione di *La velocità dell'angelo* uscito nel 2013, sempre per Einaudi, nella raccolta collettiva *Cocaina*.

La forma delle nuvole appare per la prima volta in edizione cartacea in questo libro.

Indice

Non esiste saggezza

Questo libro è stampato su carta certificata FSC®
e con fibre provenienti da altre fonti controllate.

FSC www.fsc.org
MISTO
Carta da fonti gestite
in maniera responsabile
FSC® C115118

Stampato per conto della Casa editrice Einaudi
presso ELCOGRAF S.p.A. - Stabilimento di Cles (Tn)

C.L. 24680

Edizione	Anno
3 4 5 6 7 8 9	2020 2021 2022 2023